殿下、側妃とお幸せに！
正妃をやめたら溺愛されました

ルイ・グレイストン
若くして国の宰相補佐官を務める。女性嫌いだったがエリアナの人となりを知り心から慕うようになる。
エリアナ・サラテ
公爵令嬢で王太子の正妃。長年の王太子妃教育の知識や教養を生かし、政務に熱心に取り組む。
登場人物紹介
Characters

オフィーリア・サロー
サロー子爵家の養女で第二側妃。愛らしい顔立ちだが、実はしたたかな野心家。
サルタン・ラジアント
国の王太子。気が多く、側妃を次々と迎える。
アリンナ・ガザール
第一側妃。自分の魅力を自覚しており、可愛ければ何でも許されると思っている。

プロローグ

王宮のとある一室での出来事。

「エリアナ、すまない。アリンナに子供ができたんだ」

その部屋は貴族をもてなすような豪華絢爛な装飾された部屋ではなく、質素な作りで小さな丸テーブルが一つ、椅子が三脚のみの小さな部屋。

密談時に使うのかと思うくらい王宮には似つかわしくない。

私、エリアナ・サラテ公爵令嬢はそんな部屋に突然に呼び出された。

王妃教育のために王宮に来ていた私は勉強の合間を縫ってやってきた。

普段は使われないこの小さな部屋に呼び出されたのは、執務で何か問題があったからだろうか？

第一王太子のサルタン殿下はいつもにまして辛そうな表情をしながら、テーブルを挟んで座っている。

何事だろうと不思議に思いながら席に座り、彼の口が開くまで待った。

二人の間にしばらくの間、沈黙が流れたが、意を決したように彼はそう告げた。

私は上手く言葉を聞き取れなかったのかもしれない。

今、なんて言ったの？

聞いた言葉は本当のこと、なのよね？

いえ、でも、どうすれば良いのかしら。

先ほどの言葉の意味を一生懸命に考える。

私達の結婚式ひと月前だというのに、そこでそんな予想だにしていない言葉を聞くなんて。

連日、王妃教育で多忙を極めていた私に突然降りかかってきた言葉。

私の気持ちとは裏腹に、彼はようやく言えたと少しホッとしている。

私は彼の言葉が腑に落ちない。

えっと、えっと、と内心動揺し、混乱しているけれど、顔に出してはいけない。

「では殿下側の有責で婚約破棄ですね。アリンナ・ガザール男爵令嬢が来月の式に私と交代で王太子妃となるのですね。承りましたわ」

手は震えていないだろうか。テーブルの下に手を隠し、ギュッと手に力を込めながらようやく言葉を口にできた。

王太子妃の交代と婚約破棄、男爵令嬢の懐妊の影響を考え、とりあえず父に話をしなければならない。礼をして立ち去ろうとしたが、サルタン殿下は慌てて私を引き止めた。

「いやっ、違うんだ、待ってくれ。エリアナ、アリンナは王太子妃になれないんだ。父上からアリ

ンナを王太子妃として認めないと言われたんだ。……エリアナ。君とこのまま婚姻し、君は王太子妃になり、アリンナが側妃になる」

「え？」

私は自分が考えていた内容とサルタン殿下が発した言葉が一致せず聞きそこなったのかと思い、ピタリと動きを止めた。

「えっと、だから、エリアナが王太子妃でアリンナが側妃になるんだ」

サルタン殿下の言葉を理解しようとしたけれど、そうすればするほど言葉を失うことしかできなかった。


我が国は基本的に側妃を持つことは認められていない。正妃に子供ができない場合を除いて。過去に王妃と側妃達の間で王の寵愛を求めて争いが起き、それが世継ぎにまで及んだからだ。その影響は大きく、貴族まで巻き込み国の情勢が不安定となった。国内の情勢が不安になると他国との取引にも影響を及ぼす。当時の王は国の安定を図るため、生涯正妃だけを伴侶とするとしたのは有名な話。

王族を絶やさないために、婚姻してから三年以上正妃に子ができぬ時、側妃を迎えられる。もちろん歴代の王の中には生涯正妃だけと決めて血族から養子を迎えた例もある。

つまり、婚前に側妃が決定しているということは私は子供が産めないと言っているようなもの。

……ひどすぎる。馬鹿にするのも大概にしてほしい。

「陛下がそう仰ったのですか？」

「いや、アリンナを黙って妾にしろと」

怪訝な顔でサルタン殿下に問うと、彼は眉を下げて素直に答えた。

結婚前からいる妾。形としてはそれが慣例を破ることなく正しい形だろう。

でも、違うの、そうじゃないの。

長年の妃教育、私だって簡単にできたわけではない。

辛いことだってたくさんあった。

やりたかったことだっていくつも諦めてきた。

でも、彼と生涯を共にして、支え合っていこうと考えていたから今までやってこられたの。

それなのに、突然の彼からの裏切り。

零《こぼ》れそうになる思いや言葉をグッと堪える。

長年の婚約者に対する仕打ち、ひどすぎるわ。

私は震える手で取り出した扇で口元を隠し、彼に告げる。

「今からでもいいではないですか。私との婚約を白紙にしてくださいませ。王太子といえども、私は長年の婚約者がありながら不貞を重ねる方と結婚したくありませんもの。誠実な方と将来を築きたいですわ。王太子妃は恋愛ではなく政治的に決まるのは仕方がありません。ですがこの先、私が子を成し、殿下を支えていく必要はないと、それで良いと思っていらっしゃるのね。本当にひどい仕打ち、屈辱ですわ。殿下から裏切られ、周りからお飾り妃と蔑《さげす》まれてこの先、私はどう過ごしていくのです？」

心は急速に冷えていくが、矜持《きょうじ》が必死に言葉を紡がせた。

「本当にすまない。だが、君とはこのまま結婚する。陛下は君との結婚以外は許さないと言われた。なるべくエリアナの希望に沿うから」

眉を下げてすまなそうに話すサルタン殿下。

……本当にすまないと思っているの？

考えれば考えるほどもどかしくて、身体が沸騰しそうに熱くなる。

「……わかりました。では人前では必ず仲の良い夫婦として公務や行事に参加すること、そう約束してください。ほかの方々に足元を見られてはなりませんもの。あぁ、夫婦の部屋は男爵令嬢とお使いくださいませ。私は王宮の一番端の部屋を」

「君は正妃なのだから、夫婦同じ部屋が良いと思うのだが？」

「殿下、アリンナ様と愛を育んできたのでしょう？　私はそこに割って入る気はありませんわ。それにアリンナ様に子供がいるのでしょう？　アリンナ様を第一に考えてくださいませ」

「……エリアナ!!　ありがとう」

サルタン殿下は先ほどの申し訳なさそうな表情が一変した。

私の言葉で満面の笑みを浮かべて素直に喜んでいるわ。

私のことなんて、私の気持ちなんて本当に気に掛けてもいないのね。

不貞をしておいて寝室を同じにしようとするなんて嫌悪感でいっぱいになる。

ほかの女を触った手で、指一本触れないで。愛を語ったその口で私に口づけをするなんて許したくない。

私達の間には熱の籠った恋愛でなくても、そこには確かな情はあると信じていた。

このままお互い信頼し合い穏やかに過ごせると思っていたの。

彼の横には可愛い我が子、そんな将来を描いていたのは私だけだったのね。

ギリギリになるまでなぜ黙っていたの？

私は零《こぼ》れそうになる思いを扇で隠し、立ち上がって部屋を出る。

彼は私の言葉に浮かれて私の様子に気づこうともしない。

「エリアナ、王妃教育の途中だったね。じゃあね」

言うべきことは言えたとばかりに明るく振る舞う彼。それがまた私の心を傷つける。

私が部屋を出てすぐに護衛騎士の一人が声を掛けてきた。

「エリアナ様、教師のいる部屋までお送りいたします」

「……ありがとう」

震える手に力を入れた後、そっと差し出された手に手を添えてゆっくりと歩き出す。

心が軋《きし》むのを必死に抑え、気づかれぬよう気丈に振る舞う。

これでも私は、王太子妃になるために教育されてきたのよ。

大丈夫。

顔には出していない。

大丈夫。

部屋の前まで送ってくれた護衛騎士に感謝の言葉を述べてから部屋に入る。

いつもの部屋。私が王妃教育を受けるために用意された部屋。

この時間からはマナーの時間。

マナーの先生はずっと待ってくれていたようで侍女が淹れたお茶を飲んでいた。

「先生、お待たせいたし、ました」

いつもとは異なる様子に気づいた先生はすぐに立ち上がり、私を抱えて椅子に座らせた。

「エリアナ様、どうなされたのですか？　顔色がすぐれないわ」

「大丈夫ですわ。ただ少し心が落ちつかないだけで……」

「無理せず今日の勉強はお終いにしましょう。そのご様子では勉強などお控えなさるのがよろしいかと存じます。私から体調不良で休むことをほかの教師にも伝えておきますわ」

「先生、ありがとうございます。今日はお言葉に甘えて休ませていただきます」

泣きたくなる気持ちをグッと押し殺し微笑んだ。今日だけは先生の好意に甘えよう。

先生が言っているように今の自分では勉強が一つも頭に入ってこない。きっと今周りを見る余裕なんて私にはないのだ。

「そこの貴女《あなた》、王妃様にエリアナ様の体調不良をお伝えして。そしてそこの護衛、貴方《あなた》はエリアナ様を馬車までお連れして」

侍女も護衛騎士も先生の指示に軽く一礼し、素早く動いてくれた。

「今まで休まずに王妃教育をされてきたのです。数日休んでも問題ないでしょうから気にせずゆっくりとお休みください」

「はい、先生」

いつもは厳しい先生だけれど、この日の先生はとても優しかった。

その優しさが傷ついた心に触れて涙が出そうになる。

「では、失礼いたします」

静かに部屋を出て護衛騎士のエスコートで馬車まで辿り着いた。

護衛騎士は我慢している私を察してくれているのかしら、深く礼をしている。

「エスコートをありがとう。助かりました」

――バタリと馬車の扉は閉められた。

走り出した馬車から見る景色は色褪《いろあ》せたよう。

曇天模様の空から雫がポツリと窓に当たる。私の気持ちみたい。

歩く人達は空を見上げたり、頭に鞄を載せて歩いたり、忙しなくしている。

私はその様子をただじっと見つめているだけ。声に出せない想いが心を更に重くする。

馬車は邸《やしき》に到着すると、侍女達がタオルを持ち迎え入れてくれる。

荷物を従者に渡してタオルを受け取り、部屋へと戻った。

「お帰りなさいませ。今日は早いお帰りですね。身体が冷えていらっしゃいますし、湯浴みをされた方が良いですね」

「……マリー。今はそんな気分になれないの、少し部屋で休みたいわ。今日は王妃教育を休んだから後で父に話をするわ。少し一人にしてちょうだい」

「畏《かしこ》まりました」

マリーは何かを察したようでそれ以上何も言わず頭を下げて部屋を出ていった。

彼女がいなくなった後、鍵を掛けて一人きりになる。

今は誰にも会いたくない。何も聞きたくない。何も話をしたくない。

なぜ、なぜと苦しい感情が頬を伝い、身体を動けなくする。

嗚咽《おえつ》が漏れ、どれくらい泣いただろう。

雨音が私の声をかき消しているみたい。

気づいたら眠っていたようだ。

外は既に白み始めていた。昨日の大雨とは打って変わり、小鳥も囀《さえず》っている。

「おはようございます、エリアナ様。どうぞ目をお冷やしになってください」

私が起きたことに気づいた侍女が、心配そうにハンカチを用意してくれる。

私は昨日の出来事を思い返す。

今までこんなに泣いたことなんてあったかしら。

目は赤く腫れているけれど、昨日とは違い心はなぜかすっきりしている。

いつまでも悲しい気持ちで過ごしていても変わらない。

永遠に泣いてなんていられない。

だって、ずっと私は頑張ってきたのだもの。

ずっと我慢してきた。

彼が私の努力を蔑《ないがし》ろにするなら私は私の好きにするわ。

悲かった、苦しい気持ちにしっかりと蓋をしてこれからのことを思案する。

「朝食をお持ちいたしました」

侍女の言葉に私は気持ちを切り替えた。

「マリー、ありがとう。いつまでも泣いていられないわね。食事が済んだらお父様に報告しなければいけないことがあるの。執務室に向かうわ」

「畏《かしこ》まりました。旦那様にお伝えします」

そうして昨日あった出来事を咀嚼《そしゃく》しながらゆっくりと呑み込んでいく。

「エリアナ、無理はしないでおくれ。あぁ、なんと口惜しい。大事に育てた娘が皆に蔑《さげす》まれなければいけないのか」

私は食事を終えた後、お父様の執務室を訪ねた。

昔から変わらないお父様の執務室。幼い頃は本がたくさん並ぶこの部屋でお父様に遊んでもらいたかった。よく部屋に入っては執務の邪魔をしてお母様に叱られていたわ。

昨日、私が部屋に閉じこもっている間に王宮から父のところへ報告があったのだろう。

私が部屋へ入ると、眉間に皺を寄せたお父様と目を赤くしたお母様が座っていた。

そしていつもはにこやかにお茶を淹れてくれる執事が、今日はお母様と同じく目を赤くしながらお茶を淹れてくれる。

あぁ、私をこんなに心配してくれている人達がいる。

それだけで自分がこの先に何があっても自分でいられる気がするの。

私は執事の淹れたお茶を飲みながらしっかりと父の目を見つめる。

「お父様。仕方がありませんわ。……お父様、私、いつ病に倒れるやもしれません。婚姻までに公爵家の名に恥じぬよう教会への寄付はしっかりとお願いしますね」

お父様の眉はピクリと上がり、やがてニンマリと口角を上げている。

この言葉だけでお父様にはしっかりと伝わったみたい。

先ほどまで憤懣《ふんまん》やるかたない様子だったけれど、打って変わってにこやかな笑顔となった。

「あぁ、そうだな。いつまでも怒り悲しんでいられないな。教会への寄付だろうと何だろうといろいろとしっかり準備しておかないといけないな。ははっ。私としたことが。さぁ、しゅくしゅくと進めていかねばならんな。エリアナ、今から準備を始めようか」

「エリアナ、今は辛いでしょうがきっと救い出しますからね」

「お父様、お母様、ありがとうございます。私も頑張ります」

母は涙しながらも決意をした表情で抱きしめてくれた。

ひと月後に迫った結婚式。

王太子に嫁ぐ私のために、お母様が代々公爵家に伝わるドレスを自ら手直しして用意してくれた、純白のドレス。

こんなにも複雑な想いで着ることになるなんて思ってもみなかったわ。


殿下から告げられた日からお父様はどこへともなく出掛けては忙しく動いている様子。

私の今後を考えて動いてくれているのだと思うと嬉しさと同時に申し訳なくなる。

母もご婦人方とのお茶で情報収集をしたり、結婚式の準備をしたりと忙しくしている。

私は最後の王妃教育を受けるために王宮へと向かった。

サルタン殿下の婚約者になると決まってから、先日一日も欠かさなかった王妃教育。

何年取り組んでも最初の頃は辛くて涙が止まらなかった。毎日王宮で勉強をした後、邸《やしき》でも寝るまで課題をこなしていたの。

けれど、今日で最後になる。これからは執務がメインの仕事に替わるのだ。

「先生方、今までありがとうございました」

「エリアナ様、頭を上げてください。エリアナ様はとても優秀な生徒でしたよ？　優秀だから結婚前に全ての教育が終了できたのです。これからも苦難の道が続くと思いますが、今まで学ばれたことを活かして乗り越えてくださいね」

「はい。今までご指導いただきありがとうございました」

私は先生一人一人に感謝の言葉を述べながら、最後の王妃教育を修了することができた。

今まで頑張ってきたことを思い出して胸が熱くなる。そしてこれから待ち受ける苦難の未来。気を引き締めて取り組もうと心に誓ったわ。

学生の頃から勉強の合間に自分の部屋として用意された執務室でほんの少しだけ執務をしていたけれど、王妃教育の修了と同時に正式に執務が開始される予定だ。

流石《さすが》に結婚式まではその準備もあるので毎日ということはないが。

私は本格的な執務に入る前に執務室に物を搬入することにした。今までは王宮から用意された必要最低限の机と椅子、ソファを使っていたが、毎日仕事をするなら自分の好みに合わせたい。

一つ一つ丁寧に選び抜いた品物が執務室へと搬入されていく。来客用のソファも私がこだわり抜いて決めた物。今まで執務は簡易的だったから部屋には侍女と護衛しかいなかった。これからは正式に執務を行うため、王太子妃の執務室には部下となる文官五名ほどが一緒に部屋で仕事をする。

せめて私の執務室で働く部下達には過ごしやすい環境にしてあげたい。机はもちろん、長時間座っても疲れない特注の椅子を用意したわ。

今日は侍女のマリーを連れてきた理由もここにある。私だけでは気が付かないことも多いのだけれど、マリーなら私の足りない部分にも気づいてくれる。

あわせて来客用のカップやワゴン、私専用のカップやお皿なども準備する。カップは私のお気に入りの物を公爵家から持ってきたのよ。これればかりは譲れないわ。

そして執務室はいつでも仕事が始められる状態になった。

華美な装飾品はなく、ダークブラウンで統一された家財は落ちついて仕事がしやすい環境になっていると思う。

「エリアナ様、執務室の準備は整いましたが、結婚なされてから住むお部屋はどうなさいますか？」

「そうね、壁紙から全て私の好みに揃えてもいいと言っていたわ。今、どんな雰囲気か見ておかないとね。すぐに行きましょう」

マリーと共に結婚後に住む部屋を見にいくことにした。

私の執務室からかなり遠いのよね。

私の部屋は三階の一番奥の部屋だ。ゆっくりと周りを見ながら廊下を進み、角を曲がった先にある。扉を開けると家具類は一切用意されていない空き部屋状態だった。白い壁に塗装された床。とてもシンプルな作りね。

「マリー、もっと壁紙には柄が入っていたり、絨毯《じゅうたん》が敷き詰められているものだと思っていたわ」

「この部屋はほかの客室とは違い、質素な作りになっていますね。希望があれば壁の模様を柄に変えたり、色替えをしますがいかがいたしますか？」

部屋をもう一度見回し、マリーに声を掛ける。

「私はこの部屋が気に入ったわ。壁紙も床もこのままでいい。でも家具と一緒に深い緑の絨毯《じゅうたん》を敷きたいわね。ベッドもふかふかの物がいいわ。カーテンは絨毯《じゅうたん》と合わせて色を一緒にするのはどうかしら？」

「季節によってカーテンは替えますから今は少し明るめの緑がよさそうですね。テーブルはどうされますか？」

私は想像してみる……深い緑の絨毯《じゅうたん》に丸テーブル、こっちにはカウチソファを置いて……

自分で一から決めることができるのは嬉しい。

執務室もそうだったけれど、長く使うのであればやはりこだわりたい部分ではあるわよね。

「カーテンはマリーに任せるわ。丸テーブルやカウチソファを置きたいし、ベッド横のサイドテーブルは猫足がいいわね。邸《やしき》に戻った後、家財商会を呼んでほしいの」

「エリアナ様、商会には連絡をしておきますが、明日以降になりますよ。今日はもう遅いですから明日にしましょう」

「そうね。気づけばもうこんな時間だもの。急いで帰りましょう」

私はマリーと共に王宮を後にした。

これから大変だろうけど、せっかくなら自分の好きな物に囲まれて過ごしたい。

邸《やしき》に帰るとかなり遅い時間になってしまったので、商会へは明日連絡することにした。


その翌日、私はこれから王宮で私専属となる侍女や護衛騎士を選んでいた。

どうやら王宮に公爵家から侍女や護衛騎士を連れていけると聞いたからだ。

希望者は玄関ホールに集まってもらったのはいいけれど。

「お嬢様のためならサルタン殿下の暗殺の一つや二つやってみせます！」

「俺だってお嬢様のためなら命の一つや二つ捧げてみせます！」

思っていたよりたくさんの侍女や護衛騎士が集まってくれたわ。

そして彼らの士気はすごく高くて驚いたわ。

みんな私を大切に思ってくれる人達ばかりだった。

立候補が多すぎて選ぶのに困るくらいだったの。

こんなにも大勢の従者達が私に付いていきたいと言ってくれる。

改めて皆の気持ちが嬉しくなる。

結局、護衛騎士長や侍女長から合格を貰った人だけが私専属の侍女と護衛騎士に選ばれた。公爵家で働く人達は皆エリートだけれど、その中でも選りすぐりを連れていくのだから私もそれにふさわしい雇い主でいなければ。

私は皆の想いに襟を正す。

午後からは商会が我が家へとやってきた。

さまざまな品物を大量に持ってきてもらったのでソファや椅子、テーブルを購入したの。もちろんベッドもよ。

私が選んだ物は直接王宮へ納めてくれるらしいので助かるわ。

ここからお飾り妃として毎日が勝負なの、負けるわけにはいかない。

改めて自分に言い聞かせるように宣言する。

今の私、少しは前を見ることができそうだわ。

そうして婚約は破棄されることなくひと月が瞬く間に過ぎていった。

第一章

好天に恵まれた私の晴れの日。

——コンコンコンコン。

「エリアナ、準備はできたかい？」

「えぇ。サルタン殿下、では行きましょう」

「エリアナ、とても美しいよ」

「お世辞でも嬉しいですわ。でも、その言葉はアリンナ様にどうぞ」

「……すまない」

何がすまないのかしら、どの口が言うのかしらと内心大荒れよ。まるで吹雪の中を歩いているよう。

ふぅ、と小さく息を吐く。王太子妃たるもの微笑みを絶やさないように心を引き締める。

彼は眉を下げて申し訳なさそうな態度をしているけれど、男爵令嬢の懐妊を告げるために会ったあの日以来ほとんど顔を合わせていなかったし、連絡もなかった。

きっと殿下の中では私に話したことで万事解決となったのね。今は愛するアリンナ様との間にできたお子のことで頭がいっぱいなんでしょう。

彼の中での私という存在は軽い物でしかなかったのだと思うとまた心が重くなる。


殿下にエスコートされながら会場に入場する。

多くの拍手を送る親族達や聖歌隊に見守られながら私達は司教の前までゆっくりと歩みを進めた。

険しいながらも私を見てフッと笑みを浮かべるお父様。

お母様も笑顔でこちらを見ているわ。目は笑っていないけれど。

私を含め、家族は複雑な思いを抱えている。隣に微笑むようにそっと視線を向けると彼は嬉しそう。この日ばかりは私を想ってくれているのかもしれない。

私達は司教の前で立ち止まると司教は私を見て微笑みながら頷いた。

「サルタン・ラジアント、いついかなる時も国を想い、民を想い、妻を想い行動すると誓いますか？」

「？　……誓います」

「エリアナ・サラテ、いついかなる時も国を想い、民を想い、夫を想い行動すると誓いますか？」

「誓います」

二人でそう誓い、殿下がヴェールを上げ私にキスをしようとした時、神父は会場にいる皆の前で夫婦となったことを宣言した。

一般的な婚姻の誓いとは異なることに違和感は感じたのね。一瞬だけれど殿下の戸惑う仕草に私はふっと笑みを浮かべた。

会場中が祝福に包まれる。

私達は笑顔で参列者に手を振った。

もちろん殿下も手を振る。聖歌隊の清らかな歌声を背景に私をエスコートし、会場を後にする。

さぁ、宣言はなされた。

……いつまでも嘆いていられないわ。

私はサルタン殿下と微笑みながら王都のパレードのため特別に用意された馬車へと乗り込んだ。

『出発！』宰相の声と共に白馬に跨《またが》った騎士達の先導でゆっくりと馬車は動き出す。

「サルタン殿下、万歳！」

「エリアナ妃、万歳！」

沿道は人で溢れかえり、皆私達の姿を見つけると歓声を上げた。

私達も笑顔で手を振り応える。

「民はこんなにも私達を祝福をしてくれているのか」

「そうですわね。私達も、これからはより一層民の声に耳を傾けていかねばなりませんわ」

地響きにも似た私達を祝う声に胸が詰まる。

国民は集まり、私達を祝福してくれていると思うとそれだけで感動してしまう。

これからもっと国をよくしていかなければ。

「あぁ、そうだな」

そうして馬車はゆっくりと決められた道を進む。

ふとサルタン殿下が一つの方向を見つめた。

何があるのかしらと私も視線をその方向に向ける。そこにいたのは白のドレスを着た一人の女だ。

今日という日は花嫁である私と同じ白色のドレスを着るのはタブーとされている。それにもかかわらずまっ白な衣裳を着ている。

「あれは誰かしら？」

「彼女がアリンナだ。可愛いだろう？」

私がそう呟《つぶや》くと、サルタン殿下は上機嫌で答え、彼女に向かって手を振っている。

私の顔が引きつったのは仕方がない。彼女は常識を持ち合わせていないのかしら。

アリンナ嬢は私を睨《にら》みつけているようにも見える。

「サルタン殿下、鼻の下が伸びておりますわ」

「あ、あぁ。すまない。彼女のドレスは私が選んだんだ。君のドレスも素晴らしいが、彼女のドレスも可愛いだろう？」

……私は一瞬笑顔の仮面をスルリと落とすところだった。

殿下は何を言っているの？

今日は私とサルタン殿下の結婚式。

それなのにサルタン殿下にとって主役は私ではない、の、ね。

彼の問いに答えようとするけれど、私にはその問いに答えられなかった。

「……」

馬車はアリンナ嬢の前を通り過ぎ、無事にパレードを終えることができた。

サルタン殿下は上機嫌で私をエスコートし、披露宴会場へと向かった。

披露宴の会場は、晩餐会が行われる専用のホールだ。部屋の壁はもちろん、細部に至るまで細やかな装飾がなされており、国力が反映されていると言っても過言ではないほどの素晴らしさだ。会場では爵位を持つ貴族達が既に着席をしている。

流石《さすが》にこの場にはアリンナ嬢の姿はなくホッと息を吐いた。

「サルタン殿下、エリアナ妃殿下、ご成婚おめでとうございます」

貴族達のテーブルの間を通り、自分達の席までゆっくり進んでいく度に祝福の言葉が掛けられた。

おかげで先ほどの傷ついた気持ちも徐々に回復し、笑顔でいられた。

サルタン殿下のエスコートで中央に用意されている特別席に座った。華やかな音楽が流れ、会場中が私達を祝ってくれているようでとても嬉しく思えたわ。

進行役を務める宰相から話があり、陛下のお言葉を賜わった後、サルタン殿下がお礼の言葉を述べると会場中から歓声が上がる。

私達に一番近い席に座る父達は私を見て微笑んでいるわ。

和やかに披露宴が進んでいたけれど、サルタン殿下は忙しなく辺りを見回している。

どうしたのかしら？　彼の様子を不思議に思い、微笑みながら彼の耳元でそっと話をする。

「サルタン殿下、どうかしました？」

「あ、いや。この会場にアリンナが来ると言っていたから……」

「殿下、この場には爵位を持つ者とその夫人しか呼んでいません。アリンナ嬢は爵位を持っていないのです。会場には入れませんわ」

「そ、そうなんだが……」

言い淀《よど》む殿下に苛立ちを覚える。

まさか、ね。

こういう時の私の嫌な予感はよく当たるの。

やはりサルタン殿下は彼女が会場に入れるようにしていたみたい。

けれど、陛下が各人に出した招待状ではなかったために会場の入り口で騎士達に止められたようだ。会場の入り口付近にいる貴族達からざわめきが聞こえてくる。

「……殿下。これはどういうことでしょうか？」

「あぁ、アリンナが来たい、私達の結婚を祝いたいと言っていたんだ」

陛下や王妃も入り口付近の異変に気づいた様子。

すぐに宰相が楽団の指揮者に指示をすると、軽快な音楽が流れてきた。

陛下達は微笑みながら近くの従者に指示をしていたわ。

従者はもちろん入り口の護衛騎士に命令し、アリンナ嬢をどこかへと連れていったようだ。

幸いなことに騒ぎは音楽でかき消され、気づいた人達はごく一部にとどまったようだ。

「サルタン殿下、私達の披露宴を台なしになさるつもりですか？」

「いや、そんなことは」

笑顔の仮面を付けたままだが、言い淀《よど》むサルタン殿下。

もちろん私も笑顔で仲睦まじい素振りを見せている。

私達の様子を見て仲のよさそうな二人だと映っているに違いない。

シャンパングラスに口を付けながら話を続ける私。

「先ほどの出来事、気づかなかったとは言わせませんわ。陛下や王妃様からこの後、お話があるでしょうね。今日は私達の結婚式、とても大事な式だと思っていましたのに」

「……すまない」

私達はこれ以上このことについて話しはしなかった。

覚悟していたとはいえ、やはり嫌な気分になる。彼の態度にもだ。

無事に披露宴が終わり、貴族達に挨拶をして会場を後にする。

私達は用意された花嫁用の控え室で慌ただしく着替えをしていた。

「お嬢様、早くお部屋に。殿下の侍女に捕まってしまいます」

そう声を掛けながらワンピースを着せてくれる私の侍女。化粧を落とす前に早々に控え室から出ると、私の護衛が部屋の外で待機していた。公爵家から連れてきた侍女のサナとマリーと護衛騎士のラナンとカイン。彼らは今日から私と共に王宮に入ることが決まっているの。

「ええ、急ぐわ」

私はヒールの低い靴に履き替え、扉を開ける。

「着替えは終わられましたか？　ではエリアナ様、部屋へと急ぎましょう」

専属の護衛騎士であるラナンが私の前に立ち、侍女の後ろにはカインが立つ。サナとマリーは先ほどまで着ていたドレスや小物を抱えて私の後ろを付いてくる。殿下の息の掛かった侍女や従者と会うのは避けたい。ラナンの後ろで身を隠すように早足で歩いて部屋に戻った。

……よかった。彼らに会わずに済んだわ。

「カインとラナン、わかっているとは思うけれど部屋には誰も入れないでちょうだいね」

「もちろんですよ。お嬢様」

全ての結婚式の行事を終えた私達は急いで一番端の部屋に入り鍵を掛ける。

今ここにいるのは侍女のサナとマリーの二人だけ。

こだわり抜いて用意した家具が心を落ちつかせてくれる。一番奥の部屋は白い壁に深い緑を基調としたカーペットが敷かれた質素な作りになっている。クローゼットと窓に向いた机と椅子。お茶を飲むために置かれたカウチソファと丸テーブル。飾り気はないがふかふかの柔らかいシングルベッドを置いた。

「お嬢様、間に合ってよかったよ。殿下の命令で王宮侍女達はお嬢様を殿下の寝室へ連れていく予定だったみたい。あんな子供みたいな趣味の悪い部屋にお嬢様をお連れするなんてありえな〜い」

サナ達の話では殿下と側妃の部屋は扉で繋がっていて側妃の部屋はレースをふんだんにあしらって、猫足の家具や天蓋ベッドなど可愛い部屋だとか。殿下の部屋は側妃が喜ぶようにピンク色のクッションやリボンレースなどがあしらわれた寝具で統一されているらしい。

「お嬢様、これから三日間は公務がないそうです」

「……そう、では三日間部屋に籠ればいいのね。その間、カイン達には無理をさせるわね」

化粧をサナに落としてもらいながらマリーにお茶を淹れてもらう。

披露宴中の食事にはあまり手を付けていなかったのでとてもお腹が減っていたの。マリーが用意したサンドイッチとお茶でホッと緊張の糸が解れ、足を投げ出す。

「そのくらい平気ですよ、彼らは。あと、妾の女は五か月後に王宮住まいになるって。その時に家族だけでひっそり結婚式をするらしいけどね〜」

「サナ、王宮では言葉遣いに気をつけなさい」

「は〜い」

サナはマリーに注意されながらも私が食べ終わるのを待つ間、テキパキと寝る準備に取り掛かっている。

「それにしても聞いたよ。妾はパレードで白いドレスを着てたんでしょう？　どうかしてるよね」

「彼女が目に入った瞬間、まさかと思ったわ。あれは何なのかしら？　タブーだと知らなかったのかしら……」

私は常識を知らないアリンナ様が気の毒に思えた。

けれど、私とは反対に侍女達は怒っている様子。

「わかった上でやっているのですよ。自己顕示欲が異常に強いのだと思います。でなければあえて白のドレスを選ぶとは思えませんし、殿下付きの侍女の反対の上でしょうから」

「……そうなのね」

「あれでしょう？　それに披露宴会場にも乗り込んできたって。なかなかやるね、妾の分際で」

アリンナ嬢の行動があまりにも常識を逸脱していたのでマリーやサナ達との話が尽きることはなかったけれど、夜も遅いので湯浴みをした後、ベッドに入った。

「今日は流石《さすが》に疲れたわ。マリー達もありがとう。ではおやすみなさい」

「「お嬢様、おやすみなさいませ」」

私は今日の出来事や初夜ということもあり王子の侍女が呼びに来るのではないかと、不安で仕方がなかったけれど、疲れもあってすぐに眠ってしまったようだ。

気づけば朝になっていた。

「お嬢様、おはようございます。ご気分はいかがですか？」

ゴソゴソと動く気配を察知したのか、部屋の外にいた護衛のカインが扉を開けて心配そうに聞いてくれる。

「カイン、ありがとう。おかげで寝過ごしてしまったわ。昨日は誰も来なかったのかしら？」

「ええ。殿下は夜分遅くにここへ来ましたが、サナ達に『エリアナ様は既に就寝中です。自分の部屋へお戻りください』と言われて追い返されていましたよ」

カインは面白そうに笑いながら昨日の出来事を話してくれた。

「ふふっ、後でサナ達にお礼を言わないとね」

カインと話をしているとサナ達がすぐにやってきて朝の準備に取り掛かってくれた。

今日から三日間全て部屋で過ごす予定。王族に限らず貴族も結婚した日から一週間ほど休暇を取るのが一般的だ。その間、蜜月を過ごすか旅行に行くかは人によるが。

私の場合は蜜月を過ごすわけではないので三日間の休暇となっている。もちろんこれは陛下にも許可をいただいているわ。知らないのは彼のみ。

きっとこの休みの間、アリンナの元へ出向いているのでしょうね。

それにしても今までこんなにもゆっくりする時間はなかった。

朝から晩まで勉強と王妃教育、空いた日は王妃様とのお茶会、舞踏会等で毎日忙しく過ごしていた。王妃教育を終えた後は簡単な執務をこなしていた。

この休みは今まで頑張ってきた私へのご褒美だわ、きっと。

……それにこれからよ、ね。

私はベッドで本を読んだり、一人でゆっくりと食事をしたりしながらいまだかつてないほどゆっくりして三日間を過ごした。


「あぁ、私の至福の時間は遠い国へ行ってしまったわ。三年後にまた会いましょう」

「お嬢様、大丈夫です。三年後には公爵家でのんびりしている姿しか見えません。さぁ、今日から公務が始まります」

このまま私とサルタン殿下の白い結婚が続けば三年で解放される、ことはないけれど決定打の一つとなるのは間違いない。

私は侍女と護衛を連れて執務室へ足を運んだ。

ここから気を抜けないわ。

婚約者として婚姻前から執務を行っていた私はこの三日間で溜まった書類の山をひたすら処理していく。正式な王太子妃となった分、重要書類も増え、学生だった頃よりもはるかに忙しくなる。

文官との打ち合わせや大臣達との折衝等も分刻みでこなしていく。

覚悟していたとはいえ、執務室に入ってすぐに教えられたひと月のスケジュール。

朝から晩まで書類や打ち合わせなど考えただけでも目が回りそうだわ。

その時、執務室の扉がノック音と共にガチャリと開いた。

私は手元の書類から目線を上げると、そこには護衛に引き止められながらどこか憤然とした態度で入ってくるサルタン殿下の姿があった。

「エリアナ、なぜ私の部屋に来ないのかな？」

少し怒っているような顔をした彼はさも当然と言わんばかりに私に言ってきた。

既に側妃が決まっている中でどうして私が殿下の部屋に行くのが当たり前だと思うのかしら。

まだ私が殿下を愛していると思っている？　確かに長年支え合ってきたもの、情は残っているわ。

けれど、浮気した人と枕を共にしたいとは思えないの。

彼はそんな私の気持ちになどこれっぽっちも気づいていないみたい。

「逆にお聞きしますが、なぜ私が行かなければなりませんの？」

「正妃の子供は必要だからさ」

「本気で仰っているのですか？」

その言葉に眉を顰《ひそ》めてしまったのは仕方がない。

流石《さすが》の私も思うところはあるけれど、文官達もいることだし、丁寧に対応する。

「殿下は式のひと月前に仰いましたよね？　アリンナ嬢を側妃に迎えると。そして彼女は五か月後には王宮住まいになると聞いております。本来なら正妃が三年以上身籠らない時、世継ぎを産むために側妃を充てがうのです。それをサルタン殿下は婚姻前から側妃を望んだ。私は婚姻する前から子供を産めないお飾り妃と決められ、周りもそうなのだろうと噂をしております。そんな妃とお子を望むのはおかしな話ですわ。閨《ねや》を共にする必要もございません」

私の言葉に、サルタン殿下はようやく気づいたのか顔を青くしている。

「すまない。そんなつもりでは……」

何を今更。本当に気づいてなかったなら相当だわ。彼女ばかりを優先し、私の事情などこれっぽっちも考えていなかったのね。

ふぅと息を吐きそうになるのをグッと我慢する。

「……ですから、私などに構わず愛するアリンナ嬢と仲よく過ごされれば良いのです。五か月後には側妃となり、すぐにお子も生まれましょう。彼女と三人ほど王子を儲ければよろしいのでは？　アリンナ嬢のお家は多産の家系でいらっしゃるからすぐでしょう」

「……すまない」

サルタン殿下は私が口にしてようやく気づき、私の置かれる環境を理解したのだろう。

一緒に仕事をしている文官達の視線が気になったようだ。搾りだすようにそう言い残し、執務に戻っていった。

その日以降こまめにサルタン殿下は私宛に花や小さな菓子を贈ってくるようになった。

彼なりに考えたのか、詫びの一つとでも思っているのかしら。

婚約者の時には何一つ贈ってもこなかったのに。

……ひどい人。

私情を挟んで毎日運ばれる書類を滞らせるわけにはいかない。

文官より早く仕事を始め、夜も一人で遅くまで仕事をしている。休みもなく毎日を公務に明け暮れ、文官達に心配されるほどだ。

私は気持ちを抑え込むように仕事に打ち込んだ。暇になると考えてしまうの。

口さがない侍女が教えてくれる、『今日はサルタン殿下とアリンナ様が仲睦まじく中庭でお茶をしておりました』と。マリー達が極力私の耳に入れないようにしてくれているけれど、全てを防ぐのは難しい。私は笑顔で気にしないよう努めている。

私だって、幸せになりたかった。

私だって愛されたかった。

覚悟をしていたとはいえ、『だって、だって』と幼子のような我儘な心に蓋をしないと心が壊れてしまいそうになる。

「エリアナ、最近は執務ばかりで休憩を取っていないと聞いた。一緒に翔鸞《しょうらん》の庭でお茶をしないか？　先日視察した領地から珍しい菓子が届いたんだ」

贈り物をするようになったサルタン殿下はこうして誘いにも来るようになった。

陛下達から正妃の機嫌を取っておけとでも言われたのではないか、そう勘ぐってしまう自分が少し悲しい。

翔鸞の庭というのは王妃様が大切にしている庭で、王妃自らが許可した者しか入ることのできない庭。私も過去に何度か足を踏み入れたけれど、物語に出てきそうなほどの素晴らしい庭なの。聞いた話では昔、物書きが翔鸞の庭を一目見て感動したらしい。そこから名作が生まれたのだとか。それほど素晴らしい庭で誰もが一度は訪れてみたいと願うほどのものなの。

「ちょうど区切りもついたので構わないですわ」

「あぁ、よかった。では行こう」

サルタン殿下のエスコートで翔鸞の庭まで歩く。

もちろんサナもカインも後ろに控えているので心配することはないわ。

「最近、カウマン領の収穫が落ちたと報告があったんだ」

「それは気になりますね。文官に確認した後、技術者を送るように手配しますわ」

庭に出る間の話はいつものように執務の内容。

お互い執務で忙しいし、食事も別々に摂っているため共通の話題がないのもその一因だろう。

そうして騎士の守る翔鸞の庭に断りを入れ、中へと入っていく。

やはりこの庭は素晴らしい。

一歩踏み入れるとやはりそこは妖精の森のような不思議で優しい雰囲気に包まれる。風に乗って薫る花。足元の花から背の高い木まで無造作に植えられたように見えながらその実、計算し尽くされているのだ。王妃様の庭を大切にしている気持ちが伝わってくる。そしてこの時季に見頃となる花々の香りも心を穏やかにさせてくれる。

「やはりこの庭は特別な庭ですね。いつまでもこの庭にいたいと思えるほどですわ」

「あぁ、そうだね。後で母上にお礼を伝えておこう」

そうして私達はガゼボにある小さな椅子とテーブルに腰掛ける。

朝から晩まで執務室で書類をにらめっこしている私には本当に気分転換になっているわ。

殿下の従者は気を遣い、いつもとは違うお茶を淹れたようだ。

「このお茶は南部のお茶でしょうか？」

「左様でございます。用意した菓子は砂糖菓子だったので甘さを入れず、庭園の花の香りを楽しめるようなお茶にいたしました」

「相変わらずお茶を淹れるのが上手ね」

「お褒めいただきありがとうございます」

従者とのやり取りになぜかサルタン殿下の機嫌はよくない様子。

「サルタン殿下、ここに連れてきていただいてありがとうございます」

私の言葉で途端に気をよくし菓子の話になった。

「そのまま食べてもいいいんだけど、この砂糖菓子はお茶の中に入れるんだ。見ていて」

そうして小さな砂糖菓子をカップの中に入れると砂糖が溶けて花びらが浮かび上がってきた。花びらがフワリを浮かぶ様子がとても美しくて見とれてしまう。

「美しい菓子ですね。驚きました」

「そうだろう？　エリアナなら喜んでくれるだろうと思って持ってきたんだ。アリンナは貴族の道楽だと馬鹿にしたんだけどね」

「……そうなのですね」

一瞬言葉が詰まってしまったわ。こういう場合はどう返せば良いのかしら。

どうやらそう思ったのは私だけではなかったみたい。従者の顔が引きつっているもの。

周りの様子に気づかないサルタン殿下は上機嫌に話を続ける。

「先日、アリンナをこの庭に招待した時はとても喜んでくれたんだ。そしてそこにあった白い花を摘んで持って帰ると花をちぎった時には焦ったよ。でも我儘を言うアリンナは可愛くてさ……」

アリンナ様の行動に頭が痛くなった。

人が大切にしている庭の花をちぎるなんて驚きでしかない。

それを許してしまう彼にも呆れてしまう。

そして何より、妻の前で妾の話を愛おしそうにする夫。何を考えているのかしら？

私は地味に嫌がらせをされているの？

いえ、きっと彼は何も考えていないからこそできることなのよね。

そうしている間に別の従者が庭へとやってきた。

「どうしたんだ？」

「殿下、アリンナ・ガザール男爵令嬢様がお越しです」

「この庭に向かっているのかしら？」

「……はい。殿下がここにいると話すと、こちらへ向かってきております」

「ここは招待を受けるか、許可のない者は入れないわ。アリンナ嬢は王妃様の許可を得たのかしら？」

「いえ。許可をいただいておりません」

「……なら仕方がないですね」

「すまないエリアナ。せっかく君とお茶をしていたけれどアリンナはここには来られないし、彼女をサロンの方へ連れていく。中途半端になってすまない」

「……構わないですわ。私なんかより、どうぞアリンナ嬢を優先してあげてくださいませ」

「ありがとう。では迎えにいってくる」

彼はすまなそうにしていたけれど、私の言葉を待っていたようで返事を聞いて喜んで迎えにいってしまった。

殿下の様子を見ていた従者は残された私を見て流石《さすが》に気まずそうにしている。

「下がりなさい。後は私だけで楽しむから大丈夫よ」

従者は一礼して去っていく。

残された私とサナとカイン。

「またあの妾ですかぁ。どう考えてもお嬢様を最優先しないといけないのに。自分から誘っておいてあれはないよねぇ、カイン」

「まぁ、そうだな。自分から誘っておいてこの庭に来られないからという理由で迎えにいくなんてのはもってのほかだろうな」

「仕方がないわ。それほどに愛おしい人なのでしょう」

「それにさぁ、何あれ。あれはないよねぇ。お嬢様と二人なのに妾との惚気《のろけ》話。殿下の従者だって困っていたよね。お嬢様に対しての当てつけなの？　途中で止めに入ろうかと思ったよ」

サナが私の代わりにすごく怒っている。

その気持ちだけで私は救われる気がするわ。

冷めない間に花びらが浮かんでいるお茶を飲む。

その香りと景色を楽しみながら重い息を一つ吐いた。

「さて、執務にそろそろ戻らなければいけないわね。サナ、後で王妃様にお礼を」

「畏《かしこ》まりました」

私達は滅多に入ることのできない庭に名残惜しさを覚えつつ、また執務へと戻った。

行く時は二人で行ったのに早々に一人で部屋に戻ってきたせいか文官達は困惑気味。

気を遣わせてしまったわ。

この日の執務は休憩した分、夜まで執務をこなすことになったけれど、サルタン殿下からは謝罪の伝言すらなかった。

彼を待っているわけではないし、謝罪だってほしいわけじゃない。別に気にしていないの。けれど何かが私の心に重くのしかかる。彼に対しての捨てきれない情、なの、かしら……


私は今日も変わらず早朝に一人執務をしている。

小鳥の囀《さえず》る声に耳を傾けながら考えごとをしているとマリーが声を掛けてきた。

「エリアナ様、いかがなされましたか？」

「そういえばアリンナ嬢はもうすぐ側妃として嫁がれるのよね？　私はまだ顔合わせもしていないわ。正妃なのに……大丈夫なのかしら？」

「普通は後宮入りする側妃様の選定は正妃様が行うものですが、今回は殿下が仕切る形となっています。サルタン殿下の不手際でしょう。問い合わせはしておきます」

「お願いするわ」

マリーに頼んだ後、午前中は休まずに執務に取り掛かる。頼んだことも忘れてしまうくらいに忙しかったけれど、ちょうど昼食時に殿下の従者が伝言を持ってきた。やはり私とアリンナ嬢の顔合わせを忘れていたようだ。

早ければ今日の午後にでも顔合わせを行うという。

確か午後からは大臣との打ち合わせがあったわ。文官に確認してみるけれど、やはり午後は抜けることができない。

どう予定を空けようとしても明日の昼食時くらいしか時間が取れなかった。

昼食にアリンナ嬢との顔合わせをすると思うと気が重いわ。

でも仕方がないことよね。正妃なんだもの。

従者に明日の昼食時なら時間が取れると話をすると従者は一礼をして去っていく。

その後、連絡が来ていたようだ。『明日の昼食時で構わない』と。


翌日、私は多忙に過ごしている。

急に入った顔合わせの時間。今日は顔合わせの場に王妃様も参加すると聞いたわ。

私はギリギリまで執務を行った後、謁見室へと急ぎ足で向かった。

「お待たせいたしました」

私の声で視線が集まった。既に皆は部屋に揃っていたようだ。

でも、なぜかしら？　あまり雰囲気がよくないと感じるわ。

眉を顰《ひそ》めながら扇で口元を隠している王妃様。

向かいには困り顔のサルタン殿下と笑顔で話し続けているアリンナ嬢。

……このまま回れ右をして戻ってもいいかしら。

私が用意された席に座るのを躊躇《ちゅうちょ》していると、王妃様が微笑みながら横へ座りなさいと声を掛けてくださった。

部屋には私達のほかに王妃様の従者や護衛、私の連れてきたマリーとラナンが部屋の隅で待機している。サルタン殿下の従者や護衛は部屋の外で待機している。

これは王妃様が意図的に外させたに違いない。

「さて、エリアナも来たことだし、さっさと始めるわ。エリアナ、政務の時間を無理やり割いてごめんなさいね。誰かさんのせいでエリアナが苦労しっぱなしなのよね」

ほかの人がいないせいかいつも優しい口調で話をする王妃様が今日は厳しい。

やはり私が来る前に何かあったのかもしれない。

「すまない、エリアナ。今回の件に関しては私の不手際だ」

「そうですわね。まぁ、今更でしょう？　単刀直入に聞きますわ。今まで淑女教育はされてこられたのかしら？　アリンナ嬢、残念ながら今の貴女《あなた》は淑女とはほど遠い。これから貴女《あなた》は側妃として王宮に入りますが、教師が決まり次第、すぐに妃教育を受けてもらいます」

私が口早に伝えるとアリンナ嬢はあっけらかんと言った。

「淑女教育なんて必要なの？　勉強は学院でしてきたし、これ以上はしたくないわ」

……早速頭が痛くなってきたわ。男爵家では一体何を教えていたのかしら。上位貴族はもちろん、下位貴族にも淑女教育はあるはず。男爵は娘の教育にお金を掛けていなかったのかしら。

「私は幼少期より王妃教育をしてきましたわ。これは王を支えるため。王に何かあった場合、王妃が指揮を執るのです。側妃は王妃の補佐をしなければいけません。時には外交を行い、貴族の折衝を行ったりします。政務に関しても王妃や王が倒れた場合、こなさなければいけないのです。その時になってできませんでは許されないのです。理解しましたか？」

「なら私の勉強ではなくて、陛下や王妃様が病気や怪我をなさらないように医者を連れて歩いたらいいじゃない」

私は噛んで含めるようにわかりやすく言ったつもりだったけれど、アリンナ嬢は斜め上の方向で応戦してくる。

「舞踏会や王家の行事に着飾り、サルタン殿下のエスコートで褒められたいのでしょう？」

「そうよ！　舞踏会で着飾って皆に綺麗ですねって褒められたいわっ」

私はアリンナ嬢の虚栄心の強さを突いて話をすることにした。

王妃様もそれに乗ってくれるようだ。

「アリンナ、所作の美しい側妃、教養のある側妃。さすがサルタン殿下が選んだ人だと皆から賞賛されたいでしょう？　今よりももっと素敵になるために王家から講師をお願いしてます。取り組んでちょうだい」

「……そうね」

アリンナ嬢が教育に関して興味を持った矢先。

「私は今の天真爛漫なアリンナも大好きだよ。この間、翔鸞の庭の白い花をちぎった時には焦ったけど、その仕草がとっても可愛かったんだ」

……敵がここにいたわ。

隣の王妃様は扇を持つ手が震えている。もう帰りたい。

アリンナ嬢がサルタン殿下に微笑み返し、口を開こうとした瞬間。

「そういえばアリンナ嬢、体調はよろしいのですか？　毎日のように王宮へ来ていると伺っていますが」

私は険悪な雰囲気になる前に話題を無理やり変えた。

「えぇ、大丈夫よ。毎日動いていないと丈夫な子を産めないって聞いたし、タウンハウスから毎日歩いて殿下に会いにきているの。幸いつわりもあまりないから本当に楽なのよね」

タウンハウスから毎日王宮へ歩いてくる……

王都は治安がいいけれど、貴族が馬車を使わずに王宮へ来るなんて襲ってくれと言っているようなもの。その上、彼女は妊婦だ。誰の子かわかればそれこそ狙われてもおかしくはない。

あまりの危機感のなさに驚きを隠せないでいる。

「アリンナ、本来なら許可しませんが、特別に王宮の客室に住むことを許しましょう。結婚式まではそこに住み、朝から妃教育を受けてもらいます」

王妃様も同じことを考えたのだと思う。野放しにしていると後々面倒ごとが増えるに違いない。

「王妃様、本当!?　やった！　ありがとうございます」

サルタン殿下もアリンナ嬢も喜んでお互い見つめ合って惚気《のろけ》ているけれど、それを見ている人達の目は冷たい。

そうして王妃様の一声でアリンナ嬢は王宮の客室に住むことになった。

これから同じ王宮内に住むアリンナ嬢。

サルタン殿下はアリンナと会う時間が増えると喜んでいる。

彼女は客室で勉強をしながら過ごし、側妃となった後はまず出産。その後、妃教育が済み次第、公務に携わることや正妃の邪魔をしないことを告げるが、浮かれている二人に聞こえてはいない様子。

「先が思いやられるわ」

「……同感です」

王妃様が部屋を出るときにポツリと零《こぼ》した言葉。

私も同意するしかなかった。

アリンナ嬢に宛がわれた客室は王族の居住区や執務室から一番遠い場所が選ばれた。部屋も一番質素な部屋のようだ。彼女は質素な部屋に不満を漏らしていたようだが、侍女が付くと知って機嫌を直した。男爵家には執事と侍女の二人しかいないらしい。生活のほとんどを自分達でやっていたのだとか。そう話を聞くと、淑女教育もされていなかったのだと納得したわ。

彼女が引っ越ししてきた翌日から講師が待ち構え、朝から晩まで勉強が始まったようだ。

子供が生まれてからの勉強は滞りがちになるだろうと予想して、今から取り組む手はずになっている。

アリンナ嬢が勉強で部屋から出られないため、サルタン殿下がアリンナ嬢に会いにいっているのだとか。私のところに来なくなったおかげで、執務を邪魔されずに済み平和に過ごせている。

「エリアナ様、申し訳ありません」

突然執務室へとやってきた宰相。その姿はここ数か月でげっそりとやつれているようだ。

私は執務の手を止めて宰相の話を聞く。

「宰相、どうしたのかしら？」

「……実は、アリンナ嬢が懐妊してからというもの、サルタン殿下はアリンナ嬢にお会いになる時間を作るため執務が滞っておるのです。アリンナ嬢が王宮に住むようになってからは特にひどくて。今度、隣国からの技術者が我が国にやってきます。我が国の威信が懸かっておりますゆえ、どうかお力添えをお願いしたく参りました」

本来ならサルタン殿下一人で十分行える執務の量になっている。

技術者と一緒に現地へ赴き視察を行うのも無理のない範囲で予定が組まれていたはずだ。

私の仕事の邪魔をしなくなったと思っていたけれど、政務を放り投げるのはよくないわ。

サルタン殿下に厳しく言ってもアリンナ嬢は何かとサルタン殿下に我儘を言って引き止めるに違いない。

「……わかったわ。サルタン殿下の書類をこちらへ回してちょうだい。それと隣国の技術者の件ですが、私が殿下の代わりに視察へ向かいます。交代の準備を」

「ありがとうございます」

宰相のホッとした顔を見ると、とても切羽詰まっていたのだろう。

けれど、今までも私の執務はサルタン殿下の物が含まれていたのよ。朝からずっと執務をしていたのに、さらに量が増えると思うとげんなりしてしまう。

「お嬢様、執務を王妃様にもお願いしてはいかがでしょうか？」

「そうしたいのはやまやまだけれど、王妃様はアリンナ嬢の教育に手が取られているはずよ。もう少し落ちつくまでは無理ではないかしら」

マリーが心配して声を掛けてくれる。アリンナ嬢の講師が付いているけれど、妃教育のマナーはマナーの講師と王妃自らが行っている。匙を投げさせないためだ。まだ始めたばかりなのでとても忙しそうにしているの。普段の公務に加えて妃教育をしていらっしゃるのだから。

王妃様に書類を押し付けてしまえば楽だけど、それでは私の心証を悪くしてしまうわ。今後のことも考えるとやはり私がやっておくべきなのだと思う。

宰相は水を得た魚のようにみるみる元気になっていたわ。

すぐに手配したようで私の書類は増え、サルタン殿下が行う執務は最低限となった。そのおかげで私は夜も明けぬうちに執務室へ入り、朝食を簡単に済ませてから執務を始めることになった。

思っていた以上に書類が溜まっていたわね。彼はずっとやっていなかったようだ。元々サルタン殿下は優秀で学生の頃は執務もきっちりと行い、生徒会業務もこなし、その上で領地視察にだって行っていたのに。

……恋は盲目というけれど、これは、ね。

私は深く息を一つ吐いた後、執務を始める。

自分の執務も片づけて一段落する頃には既に日付が変わろうとする時間になっていた。

「カイン、毎日遅くまで付き合わせてごめんなさいね」

「大丈夫ですよ。俺達はシフトを組んで十分に休んでいますから。お嬢様の方が心配です」

「心配してくれてありがとう。でもこればかりは代わる人がいないから仕方がないわ。殿下ももう少しやってくれたらとは思うけれど、ね」

私はさっと机の上を片づけた後、部屋へと戻る。もう数時間すればまた明日の執務が始まる。

頑張れるだけ、頑張るわ。

自分の気持ちに蓋をするように執務をこなしていくこと数日。

隣国の技術者が我が国へとやってきた。疲れを見せないようにマリーに少し厚い化粧をしてもらい謁見の間へと向かう。

「フェルシュール国より参りました、ガルキン・マーゾフ・ロダールと申します。この度は我が国の技術者をお迎えいただきありがたき幸せにございます。技術の向上に向けて尽力させていただきます」

フェルシュール国からはダム建設の技術者が、我が国からは農地開発の技術者がそれぞれ赴いて技術を広める計画である。

挨拶をしたガルキン・ロダールという男はフェルシュール国の外交官の一人で今回の責任者だ。彼の後ろには技術者が十名ほど並んでいた。

フェルシュール国は水の都と呼ばれるほどの水源豊かな国の一つ。雨が降り、川が氾濫すれば街や村、田畑に壊滅的な被害をもたらす。そのためにダムや治水工事が盛んに行われていて技術力も高い。

一方、我が国では川や池は程ほどにはあるが氾濫するほどの大雨は降ることがないため災害が少ない。だが、災害が起これば甚大な被害になる。幸いなことに災害が少ないため田畑は豊かになり、農業の技術が飛躍的に伸びていったのだ。

『ようこそおいでくださいました。皆様のお知恵をお借りし、我が国に貢献していただけること、大変嬉しく思います。私もダム建設の領地へ赴きます。一緒に過ごす仲間としてよろしくお願いいたしますね』

私はフェルシュール語で挨拶を行うと後ろにいた技術者達が笑顔で手を差し出してきた。

『俺は現場監督のジャンだ。よろしく。こっちは設計士のモーノ』

私はジャンと握手をした後、一人一人の紹介を受けて握手をする。技術者の方は気のいい人ばかりのようだ。

私は少しホッとしながら挨拶をしていった。

『お酒も食事も準備しております。長旅から到着したばかりですから旅の疲れを癒やしてください』

私がそう言うと、ジャン達はおぉ！と歓声を上げた。事前に聞いておいてよかったわ。彼らはお酒を嗜《たしな》むと聞いていたの。蜜酒のようなお酒をよく飲んでいるのだとか。蜜酒は国でも作られているので蜜酒を中心としたお酒や酒に合う食べ物を手配している。

「エリアナ様、技術者への心遣いありがとうございます。彼らの技術はとても高く、我が国の誇れる人材なのですが、何分職人気質《かたぎ》なところがあって気を揉んでいたのです。エリアナ様のおかげで問題なく仕事に取り掛かれそうです」

外交官であるロダール卿がホッとした様子を見せた。

「とても人のよさそうな方達だと思いましたわ。私達も彼らと一緒に仕事ができることを楽しみにしております」

簡単だけれど謁見の間での挨拶はこうして終わった。

この後、フェルシュール国の人達が湯浴みを済ませたら、晩餐が振る舞われる予定だ。

平民の技術者の方々もいるのであまり畏《かしこ》まった物ではなくワイワイと食べられるようにビュッフェスタイルにしてある。

いつもなら、翌日に我が国の技術者達との顔合わせが終わるとすぐに、実務者協議が行われるのだけれど、今回は彼らを知り、もっと深い技術を習得するべく、我が国の技術職の人達も食事の時に同席してもらうことにした。通訳も呼べるだけ呼んでいるので意思疎通は問題ないはずだ。

『ようこそおいでくださいました。皆様のお口に合えば幸いです。明日からは堅い話となりますので今日くらいは楽しく過ごしてくださいね』

私は簡易なドレスに着替えて晩餐に出席した。

女一人で着飾るのはその場にふさわしくないと思うの。

食事が始まると食べ物を取りに立ち、ワイワイと会話が弾んでいる様子。最初は仲間内で会話をしていたけれど、通訳を通して会話が弾みお互い打ち解けてきているわ。

あとは外交官達に任せてもよさそう。

私はロダール卿に話をした後、我が国の外交担当の人達に任せて執務室へ戻った。

「お嬢様、今回の技術者受け入れは上手くいったようでよかったよ」

「ホッと一息というところね。明日は実務者協議、明後日からの三日間は視察だったわね」

「うん。私達の準備はもうできているし、お嬢様、今日はもう休んだ方がいいよ。このところサルタン殿下の書類を片づけてばかりで疲れているでしょう？」

「サナ、ありがとう。でも視察の道中はやることがないから寝ながら行けるのよ？　十分な休みだわ。それまでにこの書類を片づけておかないと。後で困るもの」

サナは大袈裟《おおげさ》に溜息を一つ吐《つ》く。

「クソ王子。こんなにお嬢様は頑張っているのに妾にかまけてばっかり。お嬢様が強情なのは知っているけど、無理しないでね」

「サナ、嬉しいわ。その気持ちだけで十分頑張れる」

そうして私は今日中に仕上げる書類の束を一つ一つ片づけていった。

翌日はフェルシュールの人達との実務者協議があるけれど、彼らはたくさんお酒を飲む。それを見越して協議は午後からにしてある。

私はいつもより少しだけ遅く起き、執務室でパンに齧《かじ》りつきながらギリギリまで執務をこなす。

貴族令嬢としても正妃としても本当ならしてはいけない食べ方だけど、執務は残念ながら待ってくれない。食事を抜いてしまうと途端に痩せて公務に支障が出るため、マリーに食事を摂るように厳しく言われているの。

もちろんマリーが料理長に話をして食べやすいように工夫してくれている。最初は一品ずつ皿に載っていたのだけれど、ゆっくりと食べていては執務が間に合わないので残していたわ。

今は野菜や魚が挟んであるパンに齧《かじ》りつきながら仕事をするの。どうやらパンに魚を挟んで食べるスタイルは西の方にある港町のスタイルなのだとか。料理長が商人から聞いて『これなら忙しいエリアナ様も手軽に料理を食べることができるのではないか』と特別に作ってくれたの。

「エリアナ様、実務者協議が始まります」

「急ぐわ」

バタバタとしながら会議室へと入り、協議の内容を確認する。ある程度お互い国にいる間に情報はやり取りをしていて大まかには完成しているが、細部はどうしても手紙のやり取りでは難しい。今回の会議は細部のやり取りがメインとなっている。専門的な話はわからないけれど、白熱しながらもお互いに意見を交換して摺り合わせている。

私にはとても実りのある協議だったと思う。

できあがった設計書を見てお互いに笑顔で手を取り合っている。

「皆様、とても実りのある協議でした。明日からの視察もよろしくお願いいたします」

私は会議を終える言葉を述べて早々に会議室を後にする。あまりこういう場で上の私がいては語り合うことも遠慮してしまうから。この後の彼らの食事を従者に指示しておく。

ここから技術者が直接指示を出して我が国の技術者と一緒にダムの建設を行う。

私の視察は移動時間を合わせて三日程度だけれど、技術者達は半年ほど建設に携わるの。それから我が国の技術者に引き継ぎをして隣国へ戻る予定になっている。

「お嬢様、お疲れ様でした。峠は越えましたね」

マリーが労わるようにお茶を淹れてくれている。

会議が夕食時にずれ込んだので、終わって執務室に戻ってきた時は既に文官達も帰宅していた。

今は私一人で書類を片づけているの。

「そうね。ようやく一息吐《つ》けたというところね」

「これでまたお嬢様の名声が上がりますね。宰相ほか外交官の方々はお嬢様のきめ細やかな対応に舌を巻いていましたよ」

「あら、それは嬉しいわね。ところで彼女に動きはあったかしら？」

私は先ほどの技術者の話よりもアリンナの動向が気になっていた。

マリーはちゃんとわかっていたようですぐに応える。

「いえ、特に大きな動きはありません。ですが、王妃様が付けている講師からの評判はすこぶる悪いようです。あと、ファナが侍女に就きました」

「まぁ、評判が悪いのはわかっていたことよね。彼女にファナが就いたとなれば問題ないわ。サルタン殿下の動きはどうかしら？」

「殿下の方も相変わらずです。執務は最低限こなしているようですが、アリンナ嬢のところへ一日に二度ほど顔を見せたり、街へ出掛けては花や菓子を買ったりしているようです」

「……そう。報告ありがとう。引き続きお願いするわ」

「畏《かしこ》まりました」

翌日、私は早朝から一仕事した後、馬車へ乗り込んだ。

ここから一日半かけて現地に赴き、現場の視察をしてまた城に戻ることになっているわ。この移動時間が私の貴重な休憩と睡眠時間になる。

久々にゆっくりとする時間。馬車に入るとそれまでの疲れが一気に出たのかすぐに眠ってしまったわ。気づけば半日は眠っていたみたい。途中、サナが起こしても起きなかったようなの。

「妃殿下、こちらがダム建設予定地となります」

私達が視察したのは川のほとり。現場の担当者から説明を受ける。

既にある程度の地ならしや基礎の工事は終わっているようだった。

今日は本格的な着工をするためのセレモニーが行われ、皆の前で挨拶をする予定だ。工事の関係者達にはもちろん安全を祈りながら。

その後、工事関係者達の詰所や宿泊場所を視察したの。我が国の宿泊場所を見た時に二人ひと部屋の簡易的な家が建てられていた。簡易的といってもダムが完成するまでの期間は寝泊りをするのでしっかりと設備は整えられていたわ。隣国の料理を作れる料理人も手配しているので気に入ってもらえると嬉しい。

私は視察を終える前にジャンにフェルシュール語で話し掛けた。

『基礎の工事を見ていてこれから双方の国の技術者が協力して一つのダムを作ると思うと感慨深いわ。昨日の設計図で造るのだと思うと楽しみで仕方がないの。工事をする方達に危険のないように安全を最優先にしてほしいわ』

『もちろんだ。この規模なら一年程度でダムは完成する。ここの経験を活かして各地で作っていけば水害がなくなり、より一層豊かになっていくだろう。完成後の酒が今から楽しみで仕方がない！』

『ジャン、ありがとう』

私達は視察を終えたら城に戻るつもり。邪魔しにいったのかと言われてしまえばそれまでだけれど、セレモニーは大事。これからダムが建設されると考えると楽しみでしかないわ。

そうして行きと同じように、私は馬車の中で眠りながら城へ帰った。


王宮へ戻ったばかりでも執務は待ってくれない。私の執務室で働く文官が王宮の入り口でウロウロしながら私の帰りを待っていたのだ。

私の顔を見るなり、泣きそうな顔をしながら助けてくださいと懇願されてしまったわ。私の分は前もってやっておいたはずだけれど……

私は旅装のまま執務室に直行する。

歩きながら私がいない間何があったのか軽く報告を受ける。どうやら書類にミスがあったのではなく、サルタン殿下が来て私を探しているのだとか。視察に行っていると言っても信用してもらえず、何度も執務室へやってきては執務の手を止めざるを得ず困っているらしい。

何度も執務室へやってくるほどの理由なんてあったかしら?

考えてみるけれど、思い浮かばなかった。

執務室へ入り、文官達に進捗状況の報告をさせていた時、サルタン殿下が部屋に入ってきた。

「エリアナ、お帰り。いなくなったと思っていたら視察に言っていたんだね。君を探したよ」

城に到着したことを耳にしたのだろう。

「えぇ、この視察は隣国と技術者交換の大事な視察でしたので私が対応させていただきましたわ」

「そうだったのか。宰相に聞いても領地へ視察に行ったとだけ言っていたから心配したんだ。そうだ、これを受け取ってほしい」

残念ながら私が視察に行ったとサルタン殿下にはまったく伝わっていない様子。自分がすべき視察だったのにもかかわらず、だ。あえて私もサルタン殿下の仕事だとは言わなかったけれど。

「王都で人気の菓子だそうだ」

「ありがとうございます。嬉しいです」

「よかった。私はアリンナも君もかけがえのない大切な妃だと思っている」

「……ありがとうございます」

私は不意のことで上手く言葉が出てこなかった。

もしかして何度も執務室へやってきた理由がこれなのかしら？

一体彼は何を考えているの？

「そこの侍女、お茶を淹れてくれ」

「畏《かしこ》まりました」

サルタン殿下の指示でマリーは何も言わずにお茶を淹れる。

今からここでお茶会をする気なのかしら？

ここが執務室で私が視察帰りだというのに、気にしていないみたい。

殿下は私の隣に椅子を持ってこさせて一緒にお茶を飲む気でいるようだ。

サルタン殿下から差し出された菓子箱を開けると、中に入っていたのはクッキーだった。前回は砂糖菓子だったわね。

彼はニコニコと笑顔で私の様子を窺っている。喜んでほしいのだと思う。

「サルタン殿下、これは可愛いクッキーですね。食べるのがもったいないですわ。……でも、せっかくなのでいただきますね」

「あぁ。エリアナなら喜んでくれるだろうと思ってたんだ。どれ、私もいただこう」

口に入れるとバターの香りが鼻を抜ける。舌の上でホロリと溶けて甘さの中にほろ苦い味わいが口の中に広がった。王都で人気というのも頷けるわ。

「上品な味ですね。とっても美味しいです」

「確かに美味いな。エリアナとこうしてお茶ができてよかった」

サルタン殿下はクッキーを口に放り込むと美味しそうに味わっている。

その姿を見た私は学生の頃の彼を思い出す。『エリアナ、お茶をしよう』『エリアナ、少しは休め。君は頑張りすぎだ』そう言って彼は私が疲れているのを察していつもお菓子とお茶を用意していた。

懐かしい思い出。私はクスリと笑う。

「どこかおかしかったか?」

「いえ、学生の頃はよくこうして殿下と一緒にお茶をしていたことを思い出していたのです」

「あぁ、そうだったな。エリアナは昔は妃教育が大変でよく泣いていた」

「ふふっ。そういう過去もあった気がいたします」

あの頃は不安など一つもなかった。彼だけのために妃教育を頑張っていた。

彼の横に立つためだけに頑張っていた自分。

その純粋な思いが今は眩《まぶ》しく感じる。

ほんの少し過去の甘酸っぱい思い出に浸っていると——

急にドアがバタリと開かれた。

突然のことに私もサルタン殿下も動きを止めた。

護衛達は私達を守るように咄嗟《とっさ》に前に出る。緊張したのも束の間、聞き覚えのある声が響いてきた。

「サルタン！　ここにいたのねっ。探したわ」

その声の主はアリンナ嬢だった。

彼女は私達が驚く様子を気にすることなく、立ちはだかる護衛をかき分けてサルタン殿下の元へとやってきた。

「あら、お茶をしていたの？」

「あぁ、エリアナは視察から戻ったばかりだったから、休憩を兼ねて少し話をしていたんだ」

「なら私も隣でいただくわ。そこの文官、貴方《あなた》よ。椅子を持ってきてちょうだい」

アリンナはそう言うと、サルタン殿下の横に立ち、腕組みして椅子を待つ。

彼女から指名された文官はキョロキョロと見渡したが、残っていた椅子はソファしかなく、動かせなかった。結局、自分の座っていた椅子をアリンナに渡すことになった。

文官は椅子を差し出し自分は従者のように壁際に立つことにしたようだ。

「そこの侍女、お茶を淹れてちょうだい」

サルタン殿下の隣にピタリとくっつくように座ったアリンナは遠慮なくマリーにお茶を淹れるように言ってきた。

「サルタン、この菓子、王都で流行っているお店の菓子よね？」

「あぁ、そうだよ。従者に並ばせて手に入れたんだ」

サルタン殿下の手元にある皿に手を伸ばし、彼女はクッキーを一つ口にいれた。

「あーやっぱり美味しい。この店はどの商品も間違いないわ」

「そうだね。私もこれが気に入った。後で取り寄せよう」

「嬉しいっ。サルタン大好き！」

……私は何を見せつけられているのだろう。

グッと息が詰まる思いだ。

先ほどのまでの気持ちはサラサラと砂のように零《こぼ》れ落ち、軋《きし》む心に蓋をする。

――コンコンコンコン
「アリンナ嬢、探しましたよ！　ここで何をしているのですかっ」

アリンナの侍女が部屋へとやってきた。

どうやら王宮中探し回っていたようだ。息を切らしている。

「あら、ファナ。サルタンがここにいると聞いてきたの。だって勉強ばかりでつまらないじゃない」

「側妃になるために必要な勉強です。さぁ、戻りますよ」

「嫌よ！　私はここでみんなとお茶するんだから」

ここは私の執務室なのだけれど……

溜息を吐《つ》きたくなるのをぐっと堪えて話をする。

「サルタン殿下、アリンナ嬢を部屋まで送って差し上げればいかがですか？」

「いや、だが、私は今ここで君との時間を……」

サルタン殿下が困り顔で言葉を濁しているとアリンナ嬢はサルタン殿下の腕を取る。

「本当？　サルタン殿下が側で応援してくれるなら勉強を頑張るわ」

「……と仰っていますわよ。私のことは気にしなくても大丈夫ですわ。殿下は最愛のお方を側で応援してあげてくださいませ」

ファナは『急ぎますよ』と急かした。マリーも二人の茶器を下げて一礼をしているわ。

その姿を見てサルタン殿下も後ろめたいのか、アリンナ嬢に引っ張られながら立ち上がった。

「エリアナ、また来るよ」

そう言い残して彼らは去っていった。

壁際に立っていた文官は黙ったまま椅子を元に戻し仕事に戻る。

嵐のように去っていった彼ら。

私は残された菓子を一つ口に入れて、重くなった心を癒やしながら執務に取り掛かった。

その日の夜、部屋に戻るとラナンとマリーの話が尽きなかったことは言うまでもないわ。

「マリー、今日はお疲れ様。視察にも付いていてきてもらったし、疲れたでしょう？」

「いいえ、エリアナ様ほどではありません。馬車で移動している間は私も寝ていました」

「いつもマリー達には無理をさせているのだもの」

「私達は大丈夫です。それよりもお嬢様の方が大変でしたでしょう。王宮に戻ってからのお嬢様の心労と言ったら……。涙が出そうでした」

「ふふっ。ありがとう。あれには流石《さすが》に私も驚いたわ。まさかクッキーを買ってきたという理由だけで文官達の手を止めるなんてね。アリンナにも驚きっぱなしだわ。止めてくれたラナンも大変だったでしょう？」

部屋の中にいたラナンは苦笑している。

「確かにあれには驚きましたね。貴族令嬢があれではちょっと……」

「まぁ、そうよね。でも、サルタン殿下にお似合いだと思いましたよ。お嬢様ではもったいない。アリンナ様の行動に驚いて危うく暗器を投げるところでした」

マリーはサラリと怖いことを言っているわ。その言葉にラナンも頷いている。

「二人ともそんな感じだったのね。よく堪えてくれたわ」

私は笑いながらそう口にすると、二人ともフッと笑っている。

そして二人とも「『サナがいなくてよかったですよ』」と。

サナなら確実に暗器を投げていただろうと笑っていたわ。

二人のその会話に硬くなった心が幾分和らいだ。

翌日からは視察後の報告書作成をはじめ、視察に出掛けていた間の書類の処理、各方面との打ち合わせで日々が目まぐるしく過ぎていった。

そうして迎えた側妃の結婚式。

アリンナ様は盛大な結婚式を挙げたいと言っていたけれど、王宮の敷地にある教会で家族だけのささやかな結婚式を挙げた。

男爵家はアリンナ嬢の我儘を叶えるほどの費用が捻出できないから仕方がない。

陛下と王妃様は参列者として前列に、私は後ろの席に座り、じっと二人を眺めていた。

通路を挟んだ参列者席にはどことなく暗い表情の男爵夫妻と息子四人。お互いに会話している様子もない。控え室ではアリンナ嬢が侍女達に我儘を言っていた横で男爵や夫人、息子達が平謝りしっぱなしだったようだ。

アリンナ嬢は誓いのキスをした後、なぜか私を見てニヤリと笑ったわ。

私から殿下を取ってやったとでも思っているのかしら？

サルタン殿下はというと、ようやく結婚まで漕ぎ着けたとばかりに幸せそうな表情をしているわ。

これでもう彼女は男爵令嬢……アリンナ嬢ではなくなったの、ね。

私は彼女が側妃になってこれから先に起こるであろうことが不安で仕方がない。

その気持ちを察しているかのようにサナやマリーが常に側にいてくれる。

式が終わった後、親族達との食事会だったけれど、私は不参加。王妃様もどうやら体調不良だそうで不参加となった。

侍女達から食事会の様子を聞いたけれど、新郎、新婦以外はあまり盛り上がらなかったようだ。

アリンナ様は既に臨月。いつ生まれてもおかしくはないらしく、王宮内で出産の準備が着々と進められている。

私は教会から早々に戻ってきていたのでサナにお茶を淹れてもらい、ゆっくりと過ごしている。

「ねぇ、サナ。楽しみね。アリンナのお腹からどんな毛色の子が生まれてくるのかしら？」

「あははっ。お嬢様ってば！　側妃様は誰といたしていたのかな？　知っているお嬢様も悪よのぉ」

「私は噂でしか知らないわ。でも、その噂が本当なら、ね？　来週には生まれるでしょう」

私達はふふふと笑い合う。


そして私はというと邪魔されなかったおかげか、アリンナ様が王宮に入るまでの間、『甲斐甲斐しく殿下を支える王太子妃』や『次期王妃』と評されるほど、仕事や外交を全て完璧にこなしてきた。

結婚した当初はサルタン殿下がアリンナ様を優先していたので私の評価は低く、『お飾り妃』として冷たい視線やさまざまな噂が流れていたわ。口さがない者達に神経を尖らせる日々が続いたけれど、殿下が私との約束を守っていたため王宮内ではようやく収まってきていた。

母や王妃様がそれとなく噂を誘導してくれたおかげもある。

王妃様は当初サルタン殿下の側妃に大反対していた人達の一人。息子にかなり甘い人だけれど、流石《さすが》に側妃を迎える慣例を無視したことや相手が礼儀知らずの男爵令嬢だったことに我慢ができなかったようだ。

それでも王妃様なりに人となりを見た上で接し方を決めようと思っていたらしいけれど、先の顔合わせの時のアリンナ様を見て怒りを通り越して呆れていた。

生半可なやり方では矯正が難しいと考えたのか、あの後、王妃様自身も加わり最高の講師陣で妃教育を行っているわ。

彼女、いつ妃教育が終わるのかしら？　先は長そうね。


結婚式から数日経ったある日。

サルタン殿下の隣の部屋に引っ越しを済ませてバタバタと過ごしているうちにアリンナ様は産気づいた。国にとって将来の王ということもあり、アリンナ様には医師や侍女はもちろん、護衛も常に付いて万全の態勢が整えられていた中での出産となった。

側妃の出産という情報が王宮内で即座に駆け回った。アリンナ様の体調が気になるようで王宮で働く者達はどことなく浮ついているようで落ちつかない。

執務室で変わらず執務をしていた私にもその雰囲気は伝わってくる。

「今日は人手も足りないでしょうし、殿下も休まれているわ。こういう時こそ皆早く上がりなさい」

私は一緒に働いている文官達に指示をして、自分もこの日ばかりは、と仕事の手を止める。

空いた時間は久々に中庭でゆっくりとお茶を楽しむつもりよ。

中庭のガゼボから王宮の様子が見えるので、私は動き回る侍女達の様子を遠目で見ながらお茶を飲んでいる。

「マリー、そろそろかしら？」

「まだではないですか？　人によっては一日かかると言いますし。今日、明日はお嬢様もゆっくりできそうですね」

「そうだといいわね」

噂は真実なのか、どうなのか。

もし仮に真実なのであれば、私のこれからにも大いに関係してくる。それなら、そうのんびりとはしていられない。

久々にゆっくりしているはずなのだけれど、気分は優れないわ。


その後、部屋で食事を摂り、ゆっくりと本を読んでいると、ノック音がなったと同時に勢いよく扉が開かれサナが部屋に入ってきた。

サナはマリーに諫《いさ》められながらも口を開く。

「お嬢様！　アリンナ様の子供が生まれたよ！　それがさ、赤毛で蒼目だったからみんな大騒ぎなの。ウケるー」

サルタン殿下や王家は明るい金髪に碧眼。アリンナは茶髪に茶目。

つまりは……

サナはとても興奮し、楽しそうに話をしている。

マリーもサナの話を静かに聞いていたけれど、その言葉を聞いてナイフをどこからか取り出し、研ごうとしているわ。

カインも柄に手を当てて今にも剣を抜きそうな気配。みんなが怖いわ。

「お嬢様、噂通りの女でしたね。殿下はこれからどうするのでしょうか」

「マリー、どうにもできないわよ。妾ならまだしも側妃になっちゃったんだから。彼女は出産できると証明したのだし、これからもバンバン子供を産むしかないと思うわよ？　ふふっ」

アリンナ様が子を産んだ翌日、王宮医師達やアリンナの侍女達はバタバタしていたけれど、私は変わらず執務室で早朝から仕事に取り掛かっている。

私付きの文官達は昨日の騒ぎをどこからか聞きつけたようでソワソワしているわ。

センセーショナルな話だったものね。伝わるのは一瞬ね。

しばらくして小さなノック音がしたと思うとサルタン殿下がこの世の終わりというような暗い表情で執務室に入ってきた。

「……エリアナ、少し話をしたい」

意外と早くに私に会いにきたわね。

「わかりましたわ。ここでは話しづらいでしょうから、私の部屋でしましょう」

私はきりのいい所まで仕事を終えてから、後のことを文官達に指示して執務室を出た。

私室まで少し遠いが気にする必要はない。殿下を連れて自室へと戻る。

彼のエスコートで廊下を歩いているが、彼からの緊張が伝わってくる。

お互いに口を開かず、護衛の帯剣が衣服に擦れる音やドレスの衣擦れが聞こえる。

マリーもカインも後方に付いてきているので心強いわ。自室に着くと私はソファに座る。

殿下は借りてきた猫のようにジッとしているけれど、気になるのか周囲に視線を泳がしながら私の部屋を見ているわ。

「サルタン殿下、そちらの席にお座りになって」

「あ、あぁ。ありがとう」

サルタン殿下は一人掛けのソファへと座ると、マリーはそっとお茶を用意し、後ろに下がった。

「エリアナの部屋は想像していたのと違うな。落ちついた部屋なんだね」

「ありがとうございます。それで、単刀直入に聞きますわ。お話とは何でしょうか？」

私は何も知らない体《てい》で殿下に話を振る。

殿下は思い出したせいか、一気にやつれてしまった雰囲気だ。

相当ショックだったのね。

「あぁ、君の耳にももう既に届いているかもしれないが、アリンナの子供の件だ。……生まれた子は私の子ではなかった」

「ええ。殿下専属の護衛騎士、サミュエル・ランダー様のお子でしょう」

「……知っていたのか？」

サルタン殿下は私の言葉に驚きを隠せない様子だ。

「事実がどうかは知りませんわ。ですが噂は知っておりましたわよ？　残念でしたわね。相思相愛、二人は深く愛し合っていたと思いましたのに。でも、よかったではないですか。本来側妃は子を産むために迎えられるのです。アリンナ様は子を産めるという証拠。これから殿下のお子を産めば良いのですから」

私は満面の笑みを浮かべ、お茶を口にする。

反対にサルタン殿下は苦虫を潰したような顔をしているわ。

「エリアナ、私は間違っていた。エリアナとやり直したい」

キリキリと私の心の奥底から締め上げられる感情にグッとカップを持つ手に力が入る。

「ふふっ、何を仰っているのかしら？　慣例を破りアリンナ様を側妃に迎えたのは殿下でしょう。責任を持つべきではないですか？　生まれたお子はどうするのです？」

「王位継承権はないがそのまま王宮で育てていくつもりだ」

生まれながらにして誰からも望まれていないのね。

「……可哀想な子。王宮で育つのは針の筵《むしろ》でしょうに。男爵家は引き取らないのですか？」

「あぁ、側妃を送り出すのに手いっぱいでな。弟達も学校をやめて働きに出ているそうだ」

正妃ではないとはいえ、王家に嫁ぐにはそれなりに側妃にお金を持たせなければならないものね。男爵家ではかなり厳しいでしょう。

「サミュエル様は子爵家ですわ。お子を引き取っても問題ないほどの財力。ランダー家で引き取らないのですか？」

「俺の子ではないの一点張りだ。引き取るつもりはないらしい」

ランダー子息もひどい男ね。揉めるとわかっていたでしょうに。

無責任な男達に私は苛立ちを覚える。

「本当に、可哀想な子。……良いですわ。その子を公爵家で引き取りましょう。公爵家の使用人の子として育てますわ。男爵家の子なのですから爵位も問題はないですし」

「何から何まですまない、エリアナ」

「後は問題ないですわね？」

「あぁ。ありがとう」

サルタン殿下は子供の問題が片づいてホッとしたのか希望が見えたのか少し明るくなった表情で出されたお茶を一気に飲み干すと、スクリと立ち上がった。

「やはりエリアナに相談してよかったよ」

「そう、ですか……」

「やはり私には君しかいない」

「……」

私はそれ以上言葉にすることができなかった。

そんな私の気持ちに気づかない彼は『陛下へ報告してくる』と部屋を出ていってしまった。

サルタン殿下の飲んだ茶器を片づけながらマリーが心配そうに声を掛けてきた。

「お嬢様、よかったのですか？　不義の子を引き取るなんて」

「マリー、言いたいことはわかるわ。でも子供に罪はないもの。将来使えないようなら外に出せば良いのだし、優秀なら使えばいいの。不義の子として王宮にいるより、公爵家で使用人の子として育てられた方が幸せではないかしら？」

公爵家で働いている者は男爵や子爵の爵位持ちがほとんど。嫡子以外は働きに出るのが当たり前。また就職先の大部分は上位貴族の屋敷である。男爵家の子が一人増えたとしても問題はない。

「マリー手紙を用意してちょうだい」

「畏《かしこ》まりました」

父宛ての手紙には私だけが使う特別な便箋を用意する。

久しぶりに娘からの手紙が来たかと思えば王家の失態を隠すよう工作する手紙。

父には良い知らせを書きたかったわ。ある意味都合が良いかもしれないけれど。

手紙を書き終わるとサナに指示をする。

「サナ、わかっているとは思うけれど、これを父に直接渡してちょうだい」

「畏《かしこ》まりました。今から大急ぎで行ってくるね」

サナは手紙を受け取ると木箱に手紙を入れて部屋を出た。

サナのことだから半日せずに父へ渡してくれるわ。

翌日、私が父に送った手紙はしっかりと父に届き、返事が来たわ。『子は預かる。準備ができ次第迎えにいく』と。

アリンナ様はお子を産んだ後、髪や目の色を見てまずいと思ったのか、子供に関しては口を閉ざしてしまったわ。乳母に預けたまま不義の子に会おうともしない。誰もが口を閉ざし、乳母だけが生きる頼りとなっている彼にはまだ名前も付いていない。

私は執務後の夜遅い時間に乳母に会いにいったの。昼間に私が動くと問題が大きくなりかねないし、私も公務で忙しいから時間を取ることができなかったのもある。

「エリアナ様、ようこそお越しくださいました。乳母を務めていますベレニスでございます」

ベレニスは深く礼をして私を迎え入れた。

「夜遅くにごめんなさいね。生まれた子はどうしているかしら?」

「今は乳を飲み、眠っているところです」

「そう、よかったわ。ベレニスは今後のことを聞いているのかしら?」

「……いいえ、何も聞かされておりません。お子はこのまま王宮で不義の子として育てられるのでしょうか？」

乳母のベレニスは生まれて間もない子に不憫《ふびん》を感じ、涙を浮かべている。

「いいえ。ここにいては罪のないこの子が苦労するだけ。この子はサラテ公爵家で引き取ろうと思っているわ。使用人の子であれば辛い目に遭うこともないでしょう」

「よかったっ……」

「貴女《あなた》はどうするつもりなのかしら？」

「私は、お子がいなくなれば実家に戻り、夫と子供を連れて領地の手伝いをするつもりです。私も夫も嫡子ではないですから」

「……そう。なら公爵家で侍女として働く気はないかしら？　王宮で雇われているほどだもの。夫婦で雇うわ。公爵家は使用人の寮もあって子連れも多いから問題なく雇えるはずよ。ただし、この子が乳離れをするまで養母として育ててもらわないといけないけれど」

「ほ、本当ですか!?　問題ありません。サラテ公爵家で働かせてください」

「よかったわ。貴女《あなた》が来てくれて。一から乳母を探す手間が省けたもの」

私は上手くいって安堵したわ。

乳母のベレニスとしても不安だったに違いない。ずっとハンカチで涙を拭っていたもの。

子がいつ目を覚ますかわからないのでこの場ではこれ以上の話をするのはやめたわ。

明日以降に公爵家から執事か使いの者がベレニスと接触し、契約を交わすことだけ伝えて私は部屋に戻った。

そうして数日が過ぎたある日のこと。

アリンナ様の子を迎える準備ができたらしく、父が王宮に到着したと知らせが来た。

私は人目に付かないように乳母のベレニスと子を私の自室へ連れてきた。サルタン殿下のお子に用意されていた物は使うことが許されず、男爵家でも子供の物は何も用意されていなかったため乳母が自費で買い揃えた最低限の物だけを持ってきたようだ。

おくるみに包まれた赤子はすやすやと眠っている。

最悪の場合、王家の都合でアリンナ様の子は人知れず孤児院に入れられていたかもしれない。そうなるとベレニスも職を失ったに違いない。ベレニスにとっては渡りに船だったのかもしれないわね。

――コンコンコンコン。

「サラテ公爵がお見えになりました」

「お父様。お久しぶりです」

「エリアナ、元気にしていたかい？　あぁ、こんなに痩せてしまって。この子が手紙に書かれていた子かい？」

父は私を見て抱きしめた後、ソファに座っていた乳母と抱えられた子供に視線を送った。

「ええ。アリンナ様の子供ですわ」

父は真面目な顔をして乳母とマリーに声を掛けた。

「乳母よ、子を連れて裏口から公爵の馬車に乗り込んでくれ。マリー、一緒に荷物を運んでやってくれ」

「畏《かしこ》まりました」」

ベレニスとマリーは荷物と一緒に赤ちゃんを連れて部屋を出ていった。

父は空いたソファに座り、サナは父へお茶を淹れている。

もちろん私も向かいに座り父に話をする。

「お父様、あの子を迎え入れていただいてありがとうございます。しかしながらあの子にはまだ名前がありませんの」

「……そうか。ならエリアナが付けると良い。今回の件、男爵家ではどうすることもできず、歯がゆい思いをしていたようだ。男爵家は感謝すると言っていたぞ」

どうやら父の話ではアリンナ様が子供を産んだ後、王家から醜聞となるため子の存在自体を極秘にされたみたい。

アリンナ様の妊娠を知っていた男爵家は引き取りを願っていたけれど、男爵家から情報が漏れることを恐れた王家は子供の引き渡しを拒否したみたい。

公爵家の使用人の子としてしまえば情報が漏れることはないだろうと踏んだのかしら。

私は子供の今後を考えて重い息を一つ吐く。

「子の名前、……オリバーはどうでしょうか？」

「ふむ。良い名前だ。これで当分王家は頭が上がらないな。エリアナ、よくやった」

「そうですね。この貸しは大きいですわ」

私は紅茶を一口含んだ後、父に来てもらった本題を話す。

この部屋には信頼できる公爵家の者しかいないので安心しているけれど、念には念を入れる。

「お父様、あと少し……です。彼女に専属の侍女が付きました」

「そうか。楽しみにしている。進展があればまた来よう。ではそれまでの間、頑張るのだぞ？」

あぁ、これはグレースからだ」

父がパッと笑顔になり、忘れていたとばかりに手渡してきたのはクッキーと小さな小瓶。

私はそっと小瓶をポケットへしまう。

「お母様の手作りクッキーですね。私の大好物。お父様、ありがとうございます」

「エリアナ、私もグレースも心配している。あまり無理はするな」

「お父様、わかっていますわ」

父は長居は無用とばかりに立ち上がり、部屋を後にする。

父は最後まで私を心配しながら、ラナンに送られて乳母とオリバーの待つ馬車へと向かっていった。

第二章

——結婚式の二か月前。

ここは王宮でも王族のみが入ることのできる特別なサロンの一室。

父の専属の従者が母や私にお茶を淹れ、小さな弟にはオレンジジュースを差し出している。弟がジュースを美味しそうに飲んでいる姿を眺めながら和やかに家族団欒《だんらん》を過ごしているのだが、私は意を決してアリンナについて父と母に話す。

「どういうことだ？　エリアナと婚約破棄をしたいだと？　公爵家が黙っておらん。結婚式の二か月前だぞ？　正気か！　後ろ盾なくしてお前は王になれんのだぞ？　正妃を立て、その男爵令嬢を妾として寵愛すれば良い」

私の言葉で和やかな雰囲気が一転し、緊張感に包まれた。

これから起こるであろう言い合いに弟を巻き込ませないためか、侍女がそっと弟を連れて部屋へ下がった。

「きっとエリアナのことだ。彼女は婚約解消を望むでしょう。それに愛するアリンナを妾なんて立場にしたくありません」

エリアナとは幼い頃からの婚約者だけあって理解し合っているつもりだ。私とエリアナは長年夫婦のようにお互いを支え合ってきた。それは今でも変わらない。エリアナはとても大切なのだと今でも言える。それに彼女は私のことを思い、身を引こうとするに違いない。

「何年もかけて結婚式の準備をしてきたのよ？　今更結婚を取りやめにはできないわ。そんなに好きな子がいるならエリアナと閨《ねや》を共にせず、三年後に側妃として迎えるのはどうかしら？」

「母上、ですが、三年も待てないのです。実は、アリンナが妊娠していて……」

「一体どういうことなの!?　既に不貞をしていて子供ができたなんて！　母は許しませんよ。認めません」

私の話を最後まで聞こうとせず、母上はガタンッと立ち上がり、足音を立ててサロンを出ていった。父もその話に苛立っている様子だ。

「サルタン、お前はなんてことをしたのだ！　今は妾の子として産ませ、三年後に側妃として改めて迎えるしかない。それが慣例というものだ。それより前に迎えれば何が起きるかわからん。公爵家の反発もあるだろう。責任は持てん」

「父上、私にはアリンナしかいません。エリアナは長年の婚約者で美しく優しく優秀な女性です。ですが、アリンナはいつも私の側で励ましてくれるのです」

「ワシは知らん。勝手にしろ」

父は酒を呷《あお》るように飲み干し、『冷静になってじっくり考えろ』と言ってサロンから出ていってしまった。

エリアナと結婚すれば今までのようにお互い支え合いながら国を治める未来が見えている。

けれど、アリンナはいつも私の側で笑って私のほしい言葉をくれる。

彼女は王子としての私ではなく、一人の男として見てくれる。ほんの少しの間でも王族であることを忘れさせてくれるんだ。そんな彼女と離れがたく、つい誘いに乗ってしまった。

いくら考えても、悩んでも私はアリンナを手放せない。


……そうして両親や周りの反対を押し切り、慣例まで捻じ曲げて迎えた側妃だったのに。

どこで間違えたのだろう。

生まれてきたのは赤毛の子。自分の護衛騎士と通じていたのか。

エリアナは噂で知っていたと言った。

側近から後で聞いたが、サミュエル以外にも何人かと身体の関係があったらしい。

側近の中にも誘われた者がいた。

私は何を見ていたのだろう。

後悔しかない。

ショックのあまり何もかもが手につかなかった。

気づけばエリアナのいる所にふらりと足が向いていた。

いつも私を支えてくれているエリアナなら私の気持ちをわかってくれるだろうか。

不安を抱えながらもアリンナの産んだ子の話をエリアナにした。

エリアナは怒りもせずにアリンナの子供を引き取ってくれた。

子に罪はないと。将来公爵家の使用人にしても良いと。

頭が上がらない。

そうだな……いつもエリアナは私がミスをしても支えてくれていた。

何も言わず微笑んで。

私は愚か者だ。いつも側で私を支えてくれていたというのに。

これからはエリアナをより大切にしていかなければ。

◆　◆　◆

殿下と結婚してから一年が経とうとしている。

私のやることは変わらない。

早朝から深夜まで執務に打ち込み、執務以外の日には外交官と隣国の客人をもてなしたり、お茶会や孤児院への訪問、炊き出しに騎士団への激励や差し入れ。やるべきことは多く、休む間もなく動き続けている。

アリンナ様はというと、少しずつ妃教育の勉強をしているらしい。やはり成績は芳しくないようだ。最近はよく癇癪《かんしゃく》を起こしては物に当たり散らしているみたい。

彼女は着飾るのが好きで舞踏会へ参加したいそうだけど、妃教育の先生方からまだ許可が下りていない。

公式な場ではサルタン殿下は私を正妃としてエスコートをする約束をしているため、ずっと一緒にいなくてはいけない。もちろんお茶会もだ。

彼女は私がサルタン殿下と仲睦まじく公務を行っている姿を見て、嫉妬心からか侍女達に当たり散らしているとか。

王宮に上がってからの彼女の評価は下がる一方。

殿下の愛する人はこれからどうなるのかしらね。

「エリアナ様、顔色があまりよろしくありません。無理ばかりしているとそのうち倒れてしまいます。どうか、お休みください」

執務を共にしている文官達はそう言って私に気を遣ってくれる。ありがたいことね。

そういえば私は前回いつ休みを取ったのかしら。自分でも覚えていないほど毎日仕事をしている。

ちょうどキリも良いし、たまには休んでも許されるわよね。

「ありがとう。そうね、お言葉に甘えて今日は少し休ませていただくわ」

文官達に明日までの仕事の指示をし、書類をある程度纏《まと》めた。

日も高いうちに自室へ戻るのは久しぶりね。今日は何をしようかしら？　ゆっくり読書をするのもいいわ。そんなことを考えながら護衛のラナン達を連れて廊下を歩いていた時、誰かが煩《うるさ》く呼ぶ声がする。

「……ナ様っ。エリアナ様!!」

ラナンはさっと声の主から庇《かば》おうと私の前に立つ。

「エリアナ様ったら！　呼んでいるでしょう！」

私が立ち止まるとホッとしたのか声は少し小さくなった。

「アリンナ様、ごきげんよう」

面倒な人が現れたわ、どうしようかしら？

「あらっ、護衛の人カッコいい」

唾を付けられてはたまらないので、ラナンを横に下がらせてアリンナ様を見る。

アリンナ様は私を見つけて走ってきたの？　それとも私を見つけて興奮したのかしら？　少し息が切れているわ。一体何の用があるのかしら？

けれどアリンナ様はラナンの顔を見て目の色が変わっている。

はぁ、人を呼び止めておいて挨拶もしない。これの教育はどうなっているの？

この調子では王妃様は匙を投げてしまったのかもしれないわね。

「アリンナ様、用件は何でしょうか？」

アリンナ様はハッと思い出したようだ。更に私に近づこうとしてラナンに制止される。

「ちょ、ちょっと！　離しなさいよ」

「お話とは何ですか？」

「サルタン殿下は私の物よ！　貴女《あなた》になんか渡さないんだからっ！」

何を今更……。それだけを言いにきたのかしら？　呆れてしまうわ。

「言いたいことはそれだけですか？」

「っ！　貴女《あなた》ばかりサルタンと舞踏会やお茶会に出て！」

「アリンナ様がマナーの一つも身につけていらっしゃらないからでは？　先生方から許可が出るのはいつになるのでしょうね？　見目だけでのし上がってこられた浅ましさがあるのですから頑張ってくださいな」

話はこれで終わりと一歩引き、アリンナ付きの護衛に指示をする。

「そこの護衛、アリンナ様を連れていきなさい」

「ちょ、ちょっと待ちなさいよ！　まだ話は終わってないわっ」

護衛は戸惑い、アリンナを止める様子がない。

「護衛まで教育がなっていないのかしら？　もう一度言うわ。アリンナ様を連れていきなさい」

護衛は私の言葉に顔を青くし一礼をした後、アリンナ様を米俵を担ぐように抱えて去った。

彼女は大声で何かを叫んでいるが気にしない。

廊下に響く彼女の声。通り掛かる人達は何事かと振り向いているわ。

……はぁ、困ったものね。

部屋に戻り、私はソファへと倒れ込むように座った。先ほどの一件で一気に疲労感が増した気がするわ。

サナは『待っててー』とお茶を準備しながら話をする。

「あははっ。彼女、やってきましたねぇ。やっぱり馬鹿は馬鹿のままだよねぇ」

「サナ、ダメよ。馬鹿と言っては。脳の白質がほかの人より少ないだけなのよ」

「あははっ。そうでしたね。頭の中ではカラコロカラコロって鳴ってそう。ところで彼女、これからどうするんでしょうね？」

サナは笑いを堪えながら聞いてくる。

「まぁ、突撃してくる頻度が増えるでしょうね。欲の塊ですもの。私の邪魔をせず、彼女にはまだまだたくさん産んでほしいわ」

このままではサルタン殿下とアリンナ様の仲は悪くなる一方。不仲になれば彼は私の元へと来るに決まっているわ。

今更こちらへ来られても困るだけよ。どこかで手を打たないといけない。

「お薬を処方しますか？」

「ええ。お願いするわ。本人達が気づけない程度にお願い。早く二人目の子供がほしいもの」

サナの提案に頷く。

私は離婚後、何をしよう。最近そんなことばかり考えてしまう。

ここにいても私の心は苦しむばかり。

幸せって一体なんなのかしら。

「サナ、マートン先生を呼んでちょうだい」

「お嬢様、無理しないで。医者先生を呼んでくる」

サナは私の体調を気遣いながらもその場をラナンに任せ、急いで先生を呼びにいった。

しばらくすると、サナに連れられてマートン医師が部屋へやってきた。

「お嬢様、どうなされましたかな？」

「マートン先生、少し疲れが出たみたい。頭が痛くて身体が怠《だる》いわ」

どれどれ、と私はマートン医師から診察を受ける。

「過労ですな。お嬢様の働きすぎはワシの耳にも入っております。少しお風邪も召されかけているやもしれません。大事に至る前に休息が必要ですな」

マートン医師は聴診器を鞄にしまいながら薬を準備している。

「でもマートン先生、やらなきゃいけないことがまだまだあるの」

「二、三日休んだところで何も変わりません。焦らずゆっくり今は養生なさってください」

「わかったわ。休む」

マートン医師は三日分の薬を処方して戻っていった。

サナはマートン医師を送るついでに、執務室の文官達に三日ほど体調不良で休むと伝えてくれたみたい。

私は久々の休みをベッドで過ごした。本を読もうとしてもサナに取り上げられてしまうの。今はゆっくり休んでと。心配してくれることが心地よく感じてしまうほど疲れているのかもしれない。

静かな時間。

窓からは花の香りを運んでくる風が入ってきて気持ちいい。ウトウトしているとノック音が聞こえてきた。

『どうぞ』という声と共に入ってきたのはサルタン殿下だった。

「殿下、どうなされたのですか？」

「エリアナが体調不良で仕事を休んだときいてね。具合はどうだい？」

彼は私の体調を気遣いながらベッド横に椅子を持ってきて座り、話をする。

「お気遣いありがとうございます。マートン医師から三日間ほど静養するように言われましたわ」

「無理はしないようにね。そういえば先ほどアリンナが絡んできたと聞いた。大丈夫だったかい？」

「ええ。なんの問題もありませんわ。彼女の護衛がしっかり連れていきましたし」

彼は心配そうな顔で私の手を取り、重ね合わせる。

「……そう。何もなければいいんだけど」

「心配には及びませんわ。私にはサナもマリーも付いておりますわ」

私は微笑みながら手をそっと引き抜く。

「……そう、か。何かあったら言ってくれ」

「ふふっ。わかりましたわ。そう心配なさらないでくださいな。すぐによくなりますわ」

私が微笑みながらそう話をすると、殿下は安心したように微笑んだ。ゆっくり休んでくれと言って部屋を後にする。

その後は誰が来ることもなく静かに過ごせた。

「エリアナ様、お身体はもう大丈夫なのですか？」

「ええ。皆さんにはご迷惑をお掛けしました。今日からまたよろしくお願いしますね」

そうしてまた忙しい毎日が過ぎていく。お飾り妃は仕事ばかりね。

でも、まだ必要とされているだけありがたいわ。


ある日、執務室に宰相が書類の束を抱えてやってきた。

「……エリアナ様!!　助けてくだされっ」

いつもとは違い、今にも泣きそうな顔の宰相。

私は執務の手を止めて宰相の話に耳を傾ける。

「どうしたのかしら？」

「そ、それが……」

言いにくそうにしている。場所を変えた方がよさそうね。

「隣の会議室なら今使っていないわ。そこで話を聞きましょう」

「助かります」

私は宰相と共に会議室に入り、詳しい話を聞いてみる。

「宰相、話とは何かしら？」

「はい。アリンナ様のお子が生まれてからサルタン殿下は失望し、執務に戻ってきたのですが、最近になり、側妃様とまた絆が深まったというか、何というか、以前よりも増して側妃様の側を離れなくなってしまわれたのです。それはまだ良いのです。この間、久々に執務を再開したと思ったら、どうやら不正取引の書類に間違えて印を押してしまわれたのです。私の補佐がそれを見つけ、早急に今対応しているのですが、サルタン殿下は側妃の部屋から出てこず困っているのです」

不正取引の書類……。それは困ったわ。不正にお墨付きを与えているようなものよ。

「なぜ不正取引の書類が殿下の手元にあったのかしら？　控えはある？　私にその書類を見せてちょうだい」

私は宰相から渡された書類の束に目を通す。

一見不正には見えないけれど、よく見れば金額をかなり誤魔化していると気づいた。

「サルタン殿下に確認を取ったわけではないのですが、ほかの文官が話すには急ぎの書類だと言って文官の格好をした知らない者がサルタン殿下の机に置いていったらしく」

「どういった目的があったのかしら」

不正取引をしている貴族の工作なのか、知らせるためにわざと置いたのか、それとも陥れようとしているのか。書類だけではわからない。

「宰相、現在宰相補佐官がこの書類の出鱈目な数字を修正しようとしているのかしら？」

「はい。彼がこの申請書類の真偽を調べ、正確な数字を出している間に印を押した書類が実行されてしまいます」

「そうね、私の権限で書類の手続きを停止する措置命令を出すわ。宰相補佐官が書類の数字を修正している間に、こちらから該当する領地に文官を派遣して正しい金額を王宮に報告させる。それで間に合うかしら？」

「ありがとうございます」

「これだけの書類の束の数字を正せる宰相補佐官は優秀な人なのね」

「ええ。彼は少し変わっていますが、傍で見ている分には面白く、素晴らしく優秀な男ですよ」

これだけ多くの書類の数字を一人で計算するなんて。

宰相補佐官の優秀さに私は驚きを隠せなかった。

私でさえ毎日仕事をして数字とにらめっこをしているけれど、書類に書かれてある数字を全て計算し、関係書類と照らし合わせ真偽を確かめるのはとても時間が掛かる作業。その作業を補佐官一人で行うなんて尊敬するわ。

「全てが終わった後で彼に褒美を出した方が良いかしら」

「うーん、どうでしょうか。彼は変わっていますからねぇ。何が好みかさっぱりわかりません」

「そんなに変わっているの？　ふふっ。気に入るかはわからないけれど、私も何か褒美を考えておくわ」

「誠にありがとうございます」

宰相はホッとしたようですぐにまた自分の執務室へと戻っていった。

私は自分の執務室へ戻ってからすぐに文官に指示をして不正があった申請書の差し止め手続きを行い、担当大臣に第一優先書類として送ったわ。

そして担当大臣を呼び、不正が疑われている領地に文官を送るように指示をする。

大臣からはすぐに向かわせるので四日ほど時間をいただきたいと返答があった。大臣としても不正を見逃すわけにはいかないので早急に対処してくれるようだ。

「ねぇ、マリー。宰相補佐官ってどんな人なの？」

「ルイ・グレイストン公爵家三男。学院を首席で卒業した後、王宮文官として勤務。その後、優秀さを買われて現在の宰相補佐官に任命されています。見目は麗しく、女性に人気のようですが、本人は女性にまったく関心がないそうです。過去に何度も女性に追いかけ回された経験からか、人嫌いのところがあり、公の場にあまり出ない方です。趣味は読書となっています」

「……そう。ありがとう」

マリーは私が聞きたいことを調べてくれていたようだ。

ルイ・グレイストン宰相補佐官に私は一度も会ったことがない。彼のその経歴なら理解するわ。趣味が読書なのね。グレイストン宰相補佐官はどんな物を喜んでくれるかしら？

公爵子息なのだから私と同様に金額にはこだわらない気がする。

面識のない人に褒美と称した贈り物をするのは少しばかり緊張するわ。

私は休みの日に商会を呼び、品物を選んだ。

彼の喜ぶものは何かしら。

人にプレゼントを送るなんていつぶりだろう。送るからには自分でしっかりと選びたい。

商会に事前に商品の絵が書かれたカタログを見せてもらい、思いを馳せる。カタログの品々はどれも素晴らしいものばかりでとても迷ったけれど、金細工でできたしおりに決めたわ。そのしおりは子供の頃に誰もが読むような絵本の挿絵がモチーフになっている。しおりには幾つかの種類があったけれど、読書のお好きな方ならきっと喜んでくれるに違いない。私はこれだ！と思い、即決したの。もちろん特注品で名前も入れてくれるらしい。

そうして次に商会が来た時にさまざまな商品と共に希望を出していたプレゼント用のしおりを持ってきてもらった。

「エリアナ様、お目が高いですね。これは希少価値を高めるためにあえて数を絞って生産しております。ここにロットナンバーも記載しております」

うやうやしくしおりを差し出す商会の者から説明を受けた。実物を見ると選んでよかったと思う。

そうして褒美を準備し、宰相や文官達が処理を終えて全てが解決したのはひと月ほど経った頃。

「宰相、今回頑張ってくれたグレイストン宰相補佐官に褒美を用意したのだけれど、どうすれば良いかしら？」

宰相補佐官にはしおりだけでなく万年筆も添えて直筆の手紙を書いたの。彼にはそれが一番伝わるのではないかと私なりに考えた結果よ。マリーは賛成してくれたけれど、サナは『金一封でいいんじゃない？』と言っていたわ。確かに金一封でもよかったのだけれど、私の感謝の気持ちは伝わらないかもしれないと思ったから。

「エリアナ様、その件なのですが、やつはまったく興味を示さず、既に別の案件に取り掛かっております。今は手が離せないようですので、私が彼にしっかりと渡します」

「……そう。忙しい職務を邪魔できないわね。宰相お願いするわ」

「畏《かしこ》まりました。責任を持って彼に渡しますのでご安心ください」

宰相は補佐官へ準備した品を渡してくれることになった。

直接会って渡したかったけれど、忙しいのなら仕方がない。

私は気を取り直して執務に向かった。

どうやら宰相は労いの言葉と共に私からのプレゼントだと言って渡したようだ。後日、彼からお礼の手紙が執務室に届けられたの。

手紙を開封し、中身を確認する。

綺麗な文字で書かれている感謝の言葉。これだけで彼の人となりが窺える。

「マリー、宰相補佐官の彼は素晴らしい人なのね」

「エリアナ様がそう仰るならそうなのでしょう」

マリーは顔色を変えずに執務の邪魔にならないよう小さな声で返事をして、また部屋の端で待機する。私もまた執務に戻った。


その事件から二か月ほど経ったある日のこと。

サルタン殿下の従者が執務室へ入り、恐縮しながら私に伝えてくれた。

「エリアナ様、側妃であるアリンナ様の懐妊が先ほど判明いたしました」

「……そう。めでたいわね。何か贈り物でもしましょう」

従者の言葉でその場にいた文官達は口にはしないけれど、目を泳がせている。

気を遣われているわ。

執務室に流れる微妙な空気。従者はすぐに一礼をした後、部屋を出ていった。

残された空気にいた堪れなくなり、私は口を開く。

「皆さん、私に気を遣わなくて大丈夫よ。役割がそれぞれあるのだもの。私は正妃として仕事をこなすだけよ」

　微笑みながら仕事に戻ろうとすると、一人の文官が声を上げた。

「エリアナ様、離縁なさる時はぜひ我が妻に」

　それを皮切りに私も、私もと声が上がった。

「ふふっ。皆さんありがとう。その優しさに元気づけられましたわ」

　実際、王子妃の離縁は難しいとされている。

　重病か死亡かのどちらかしかない。

　白い結婚は貴族や平民には適用されるが、王族では前例がないためグレーなのだろう。死を偽装しても公爵令嬢として出歩けないのは不便なので重病と偽り、公爵家で静養したまま離縁に持ち込むのが一番の方法だ。

　そこにダメ押しで白い結婚という理由も加えればより円満に離縁に持っていけると踏んでいる。

　あとはタイミング。

　そのために結婚前から準備してきたもの。跡継ぎが生まれてしまえば煩《うるさ》くは言われないだろう。

　思いのほか媚薬もよく効いてくれたわ。あとはアリンナが男の子を産んでくれれば万々歳ね。

　私は文官達の心配をよそににこやかに仕事を再開した。

「エリアナ、今度の舞踏会なのだが……」

突然先触れなく、サルタン殿下がドレス箱を抱えた従者と共に執務室へ来た。ちょうど今の時間は書類にサインをするだけなので手を止めても問題はない。

「今回、このドレスはどうだろうか」

そう言って従者は私の前に立ちドレスを見せる。従者からドレスを確認するために執務室へ持ち込まれた前例はあるけれど、サルタン殿下が持ってきたことに驚きを隠せない。

……何かあるの、かしら。

私の前に披露されたドレスはベルベット地のようで緑が深く輝き、金糸の刺繍が施されていた。とても上品に仕上がっている。

「サルタン殿下、素敵なドレスをありがとうございます。嬉しいですわ」

「気に入ってもらえたようでよかったよ」

殿下はふわりと笑みを浮かべて私の手を取ろうとするが、私は手をそっと引き唇に人差し指を置いて考える仕草をする。

「宝石は何が良いかしら、殿下はどんな宝石がこのドレスに似合うと思います？」

「そうだね、ドレスが深緑なのだから薄い緑もいいね。あぁ、でも赤も似合いそうだ」

サルタン殿下は空を切った手を浮かせたまま、すぐにそう相槌を打った。

「そうですね。ではそのようにしますわ。マリー、準備はお願いね」

「畏《かしこ》まりました」

「殿下、お茶でもいかがですか？」

「あぁ、いただくよ」

私は立ち上がり、自らお茶を淹れる。

殿下は私の言葉に笑顔を見せながらソファへと腰掛けた。

「エリアナの淹れるお茶はいつぶりだろう。とても美味しいよ」

「ふふっ、嬉しいですわ。ありがとうございます」

二人でお茶の香りを楽しみ雑談をしていると、扉の前で何か言い争う声が聞こえた。私がそちらに目を向けると、ノックなしにバンッと扉が開かれた。

文官達はそれまで優しい目で私達を見守っていたが、扉が開いた大きな音がしたので一斉に凝視している。

「サルタン〜探したわ！」

耳に飛び込んできた甲高い声の主はアリンナだった。

護衛達はいつでも優秀ね。すぐに反応したもの。

殿下は焦ったようにアリンナに話し掛ける。

「どうしたんだ？　アリンナ」

「サルタンが執務室にいないんだもの、探したわ。私寂しくって……お腹の子も不安がっているわ」

そう言って私に勝ち誇った視線を向ける。

その間に従者はそそくさと先ほどのドレスを箱に仕舞っている。

アリンナはサルタン殿下に意識を向けていたためドレスに気づいていないようだ。

従者は箱を抱えてそっと一礼をした後、部屋を出ていった。

殿下もアリンナの前では舞踏会やドレスの話はまずいと思ったようだ。

「あら、それは大変ですわ。お身体に障ってはいけません。殿下、どうぞアリンナ様に付いてあげてくださいませ」

マリーは私の言葉ですぐに察して扉を開けて待機する。

アリンナ付きの侍女ファナもアリンナの手を取り、『アリンナ様、無理をなさってはいけません。サルタン様とお部屋に戻りましょう？』と部屋を出るよう促した。

「エ、エリアナ、すまない」

殿下はどこまでもアリンナに弱いのね。それがおかしく思えてしまう。

「私のことは気にせずに、どうぞ側妃様を大事になさってください」

私はそっと殿下に微笑む。

殿下の護衛達も礼をして横に避け、殿下に退室を促している。

みんな空気を読める子達なのね。当人達以外は。

私は二人が仲よく部屋を出ていくのをただじっと見つめていた。

第三章

先日はアリンナの突撃があったけれど、ついに舞踏会の日がやってきた。憂鬱なのよね。

あれからマリー達はすぐに宝石商を呼び、ドレスに合う装飾品を準備してくれたわ。流石《さすが》は私の侍女。とても良い仕事をしてくれている。

私は今、本日会場となっているホール王族控え室にいる。王族の控え室は絢爛豪華な作りで憂鬱な気分を少し軽やかにさせてくれた。

久しぶりに会う陛下と王妃様。

王妃様とは王妃主催のお茶会に何度か招いていただいているのでお話しする機会も多いわ。けれど、陛下には滅多に拝謁しないの。陛下のご執務もお忙しいし、お会いする理由もないしね。

そして普通なら王家の一員として家族で晩餐の卓に着くのだけれど、私はずっと一人部屋で食事を摂っている。

最初からお飾り妃である私と食事をするのは気まずいに決まっているもの。サルタン殿下は一緒に食事をと勧めてきたけれど、そこは丁重にお断りしている。

アリンナの方が毎日食堂で会っているのではないかしら？

あと、紹介されていない王族といえばラファル様。第二王子で現在三歳。サルタン殿下と歳が離れていてまだ幼く、会う機会もほとんどない。

「エリアナ、久しぶりだな。息災であったか？」

「陛下、お心遣いありがとうございます。忙しく過ごさせていただいております」

「たまには家族の食事に顔を出せば良い」

「ありがたき幸せ。アリンナ様のご機嫌がよければ伺うとしますわ」

陛下は表情を変えることなく私に言葉をかけられたので無難に言葉を返す。

私にとってこの控え室は居心地の悪い空間。

「そうよ。エリアナにばかり無理させてるのだから、これ以上強制しないでちょうだい。こんなことになったのは貴方《あなた》の責任でもあるんですからね。さぁ、エリアナ。私と行きましょう？」

陛下に指摘する王妃様。

なかなかに複雑な思いだわ。

王妃様のおかげで多少なりとも助かっている部分があるのは事実。

私は曖昧に微笑んだまま王妃様の後に続く。

陛下はそれ以上何も言わず、サルタン殿下も口を開かない。

そうそう、本来ならこの舞踏会は側妃であるアリンナも参加しても構わない。

殿下は正妃とファーストダンスを踊った後、側妃とダンスを踊ることができる。待ちに待った参加可能な舞踏会だというのに、講師の先生から不合格を言い渡され、参加できなかった。

ここまで必死に王妃様やマナーの先生から教育を受けてきたはずなのに『サルタンとファーストダンスを踊るの！　素敵なドレスを着た私に皆が美しい、羨ましいって思うに違いないわ』と言ってのけたようだ。

その言葉を聞いた王妃様は唖然としていたのだとか。このままアリンナが舞踏会に参加すれば王家の恥になるのは間違いない。

頭が痛いわ。ここまでくると手の施しようがないもの。

一応、対外的に今回のアリンナの不参加は側妃が懐妊しているためとすることになった。


時間となり、会場から聞こえる音楽と共に宰相の案内で私達は会場に入る。

王妃様と私は先に壇上に立つ。その後サルタン殿下、最後に陛下が入場し、陛下のお言葉を賜った後、舞踏会が始まった。

もちろんファーストダンスは私とサルタン殿下。長年パートナーを務めているだけあって慣れたもの。お互い微笑みの仮面を付けたままダンスを踊る。

でも、ここから最も辛い修行の始まりなのよね。

そう思うと一瞬表情を崩してしまったわ。危ない。

サルタン殿下は私の表情を見逃さなかったようだ。

「エリアナ、大丈夫かい？」

「ええ。私としたことがすみません。もう大丈夫ですわ」

「無理をさせてすまない」

「殿下の気にすることではありませんわ」

ダンスも無事に終わり、私達は貴族の挨拶を受ける。母や王妃様が噂を否定しているとはいえ、サルタン殿下の普段の行いでお飾り妃であると伝わっているの。貴族達はワラワラと並び挨拶を始めているわ。やはり側妃を送り込みたい貴族も多く、露骨に娘を勧めてくる人もいる。チャンスはあると思われているのでしょうね。

殿下に微笑まれて顔を赤らめている令嬢を見る度に心のどこかでツキリと痛みが走る。

「王国の星であるサルタン殿下、並びにエリアナ妃殿下にお会いできて嬉しく存じます。本日の舞踏会にお招きいただけたことを娘のケイティーナ共々喜んでおります」

そう挨拶をしたのはラダン侯爵。ケイティーナ嬢は私と同じ年でサルタン殿下を慕っていて正妃候補に自ら名乗りを挙げた人物。けれど、苛烈な性格のため妃に選ばれなかったと聞いている。

正妃が私に決まった後も彼女は諦めきれずにサルタン殿下に贈り物をしたり、食事に誘ったりしていたわ。

「サルタン様、男爵令嬢との間に生まれる子は王家の後ろ盾になりえませんわ。ぜひ私を妃にしてくださいませ。その隣の役立たずさんにも離縁してもらいましょう？　ラダン侯爵家が王家の後ろ盾になると誓いますわ！」

挨拶の場で言ってのけるケイティーナ嬢にはまだ婚約者がいない。令嬢としては行き遅れの部類。彼女はずっとサルタン殿下の妻になることを望んでいるので、周りの男性は手を引いているみたいだ。

「……アリンナは私の妻としてよくやってくれている。エリアナも正妃として文句の付けようがないほど素晴らしい人だよ。私は幸せ者だ。こうして私を慕ってくれる令嬢もたくさんいるからね。また機会があれば話をしよう」

私は口を開くことなく、笑顔で会釈をするだけに留《とど》めた。

サルタン殿下も彼女には苦手意識があるようだけれどそこは王太子。笑顔の仮面でしっかりと躱《かわ》していた。

貴族達は王族への挨拶が終わるとダンスをしたり、それぞれ会話を楽しんだりしている。

サルタン殿下は社交のため夫人や令嬢達とダンスを踊っていた。

私も外交上重要な方とダンスを踊っていたけれど、今は休憩のために用意された席に着いている。

醜聞はいつの時代も貴族の嗜《たしな》みね。

そこかしこからクスクスと聞こえてくるわ。

私に嘲笑と冷たい視線を向け、お飾り妃だと。

私だってなりたくてなったわけじゃない。

代われるものならすぐ、この場ですぐよ、すぐに代わってあげるわ。ラッピングしてリボンをつけて渡してあげたいほどよ。

そんな私の気持ちなんて誰にも届かない。

淑女の仮面を付け憂鬱な気分で過ごしていると、不敵な笑顔を浮かべながらケイティーナ嬢が取り巻き達を連れてこちらへとやってきた。

「あら、エリアナ様、もう休憩ですか？」

「えぇ、挨拶は一通り行いましたので」

私は扇で口元を隠しながらケイティーナ嬢と話をする。

「ふふっ。サルタン殿下は相変わらず皆様にお優しいわね。私も殿下と踊って参りましたの。やはり素敵ですわ。ところであの女は今日はいらっしゃらないみたいですわね。まぁ、怖気づいて参加できなかったのでしょう」

「彼女は身重ですから仕方がありませんわ」

私は最低限の言葉で返す。元は男爵令嬢でも今は自分より身分の高いアリンナさえも〝あの女〟呼ばわり。正妃に直接話し掛けるなど不敬な行動も気にしていない。

いいえ、それを無視できるほどのラダン侯爵家の影響力があるのも事実。我が家同様、王家としても無下にはできないのだ。

「お飾り妃の貴女《あなた》はいつまで正妃の座にしがみついているのかしら？　私が変わって差し上げます

わよ？」

「ふふっ。候補者止まりのケイティーナ嬢が私と代わったところで寵愛を受けられるとでも？　そう言っている間に嫁ぎ遅れになりますわよ？　あぁ、もうなっていらっしゃるのでしたか」

ケイティーナ嬢はキッと私を睨《にら》みつける。

「あら、そんな心配は無用ですわ。私が正妃になった暁にはあの女はすぐに退場していただきますもの。私しかいなくなりますし、問題ありませんわ」

「そんなことをしてもサルタンの恨みを買うだけ。無駄がお好きなのですね」

「そう言っていられるのも今のうちですわ。あの女の家の爵位は男爵。生まれてくる子の後ろ盾はないのですし、子供を産めない貴女《あなた》はクビ。じきに新しく妃を迎え入れるわ。次にサルタン殿下の妻になるのは私よ？　子を産むのも、ね」

ケイティーナ嬢はそう言い残し、取り巻き達は笑いながら去っていった。

頭の痛い女ね。

サルタン殿下の周りにはなぜこんな女しかいないのかしら。

私はその後、何人かの人達とダンスを終えた後、王族の控え室に戻った。

「マリー、疲れちゃった。お茶を淹れてちょうだい」

大勢の貴族達から娘の売り込みがすごいわ。

結局のところ貴族達に押し切られ、サルタン殿下は第二側妃を迎えるのかしら？

そうなるならケイティーナ以外で妃教育をこなせる令嬢が良いのだけれど。先ほど貴族達が売り込んできた令嬢の中には優秀な方は何人かいたわね。

「まぁ、アリンナよりはみんなマシでしょうけれど、中身は似たり寄ったりね」

ふと考えが口を衝いて出ていた。新しい側妃を迎えるなら、私の仕事を引き継げる。

そうなれば私は名実ともにお飾りね。

一人考えごとをしながらお茶をしていると陛下が控え室に戻ってきた。

私は立ち上がり、礼をする。

「良い、座りなさい。疲れただろう。私にもお茶をくれ」

マリーは礼をしてからお茶を淹れる。

陛下は私の隣に座り、顔色を変えずに聞いてきた。

「エリアナ。アリンナのこと、これからどうするのだ？」

「私にはどうすることもできませんわ。サルタン殿下の希望でアリンナ様は側妃に迎えられました。陛下も了承の上ですし、私が申し上げることはありません」

嫌味の一つでも言いたいけれど、言ったところでどうなるわけでもない。

悲しいけれど、泣いて叫んで騒いでも変わらないのは理解している。

「後ろ盾のある子を最低三人はほしい。国を安定させるためにもな」

「私は婚姻時から子を産めぬお飾り妃とされ、すぐに側妃を迎えられました。私が殿下の子を産むことはありません。第二側妃をお迎えするのが最善かと存じます」

「エリアナはそれで良いのか？」

「良いかと聞かれましても、私は陛下の意向に従うまで」

「……そうか」

何を今更。はっと息を吐きそうになる。

陛下は言葉を続ける。

「アリンナは生涯公の場には出せん。子を世継ぎにするにも後ろ盾が弱すぎる。お主が産むか他の者に産ませるかしかなかろう」

陛下はそう言い終わるとお茶をグッと飲み干して部屋を出ていかれた。

その姿を私は見ているしかなかった。

「……どう転ぶのかしら」

私の呟《つぶや》く声はそっと消えていった。


舞踏会は盛況のうちに終わり、私は明け方にようやく床に入る。

陛下の言葉を思い出し、モヤモヤと複雑な気持ちになり寝つきは悪かった。

アリンナが産む子を周囲を黙らせるほど優秀に育て上げ、次の王太子とすれば良い。

けれど、陛下は暗に私に子を産めと。

婚姻前からサルタン殿下にされた屈辱を忘れることはできない。

許したくない。

長年妃教育を受けてきたから、陛下の言いたいことは理解している。

けれど、私にだって矜持《きょうじ》はある。

踏みにじられた心はもう傷つきたくないと震えている。

苦しむ心を宥《なだ》めすかせ、ようやく眠りに落ちた。マリーに起こされた時にはもうお昼を過ぎていた。

舞踏会は深夜まで行われるため、翌日の公務は休みになっている。

部屋で軽く食事を済ませた後、王族専用の中庭にある四阿《あずまや》で本を読みながらお茶をする。

今の時期、四阿《あずまや》には無数の小さな花が咲き誇り、四阿《あずまや》全体が香りに包まれ、お茶をするにはちょうどいい。

「マリー、私はこの静かな時間が好きだわ。小さな頃から妃教育で休みなく勉強して、結婚してからも働き詰め。もう引退しても良いと思うのよね」

「お嬢様、おいたわしや。早く側妃様を迎えねばなりませんね」

マリーとそんな話をしていると庭を歩いてくる人達がいる。

……サルタン殿下だわ。殿下が護衛達を引き連れてこの中庭へとやってきた。

私に何か用かしら？

「サルタン殿下、ごきげんよう」

私は立ち上がり礼をすると彼は手を上げてから私の向かいに座る。

マリーは殿下の前にお茶を差し出すとサッと後ろに控えた。

「どうしたのですか？」

「今朝、父上からもう一人側妃を迎えるように言われた」

「……そうですか。では婚礼の準備をしなければなりませんね」

殿下は私の言葉が気になったようだ。不安そうな、疑うような目を向けた。

「父上は君の進言があったと言っていた。どういうことかい？」

「進言したわけではございませんわ。お聞きになったのでお答えしたまでです。陛下は後ろ盾がある殿下の子をあと三人はほしいと言われました」

「では君との子でも良いんじゃないか」

その言葉に態度を硬くし、低くなった声で返す。

「何を仰るのかしら？　以前にも申したとおり、殿下は私を子を産めぬ、お飾り妃として迎えたではありませんか。慣例を破ってでも……ですから私に子を望むのはおやめください。今度は優秀な側妃をお願いしたいですわ」

彼は自分の失態を思い出したようで顔色を悪くしている。

「……そうだったね。君に酷なことばかりしてるのはわかってはいるんだ、私の我儘で。でも君を手放したくない、第二側妃なんて要らない。エリアナ、側にいてほしい」

「側妃を迎えたらそんな思いも吹き飛びますわ。私を想う気持ちはまやかしであったと」

私はふふっと笑いお茶を飲む。

彼は私の言葉を聞いて哀感を漂わせた。

彼の従者は空気を読んだのか、彼に『殿下、側妃様との時間です』と声を掛けてきた。

「エリアナ、君を大切に思っているよ。……また来る」

そう言って殿下は席を立って去っていった。

私は変わらず本を読みながらお茶を飲み、ふうと重い息を一つ吐く。

花に視線を添わせ、気怠く閉じた本を机にそっと置いた。

「……マリー。お父様に手紙を書くわ。直接届けてちょうだい」

こういう時にマリーやサナが側にいてくれるのが嬉しい。

いつもサナが私の代わりに怒ってくれる。その姿を見るだけで救われる気分になる。

私は部屋に戻り、手紙を書いて送った後、父との面会の日まで休みなく早朝から深夜まで執務をこなす日々がまた続いた。


「お嬢様、グレイストン宰相補佐官から本が届いております」

マリーから差し出されたのは一冊の絵本だった。とても古そうな本だ。丁寧にページをめくって気づいた。

「マリー、これは初版本だわ」

「グレイストン宰相補佐官から手紙も預かっております」

マリーは顔色を変えずに私に手渡してきたけれど、その様子はどことなく嬉しそうだ。

——エリアナ妃殿下
先日、視察へ出向いた際、興味深い物を入手いたしました。妃殿下なら喜んでもらえると思います。どうぞお受け取りください。

ルイ・グレイストン——

短い文ではあったけれど、私の心はじんわりと温かくなった。

彼は私の送ったしおりに描かれている絵本だと気づいた上、入手しにくい初版本をわざわざ私に送り届けてくれたのだ。

人によっては贈り物をするのは当たり前だと思うかもしれない。そこには色気も何もない。けれど、執務だけの日々を過ごす私にはとても温かく感じてしまう。

「マリー、お礼を書かなくてはいけないわね」

「すぐにお持ちいたします」

——ルイ・グレイストン宰相補佐官殿
宰相からグレイストン宰相補佐官が優秀だといつも聞いております。また一緒に仕事ができることを楽しみにしております。初版本を送っていただきありがとうございます。やはり挿絵や文体が違うと印象も大きく変わりますね。小さな頃の夢が詰まっているこの絵本、大切にします。

エリアナ・ラジアント――

短い手紙をマリーに手渡す。

何気なくやり取りする手紙が今は嬉しい。

ほんの少しだけれど、執務の合間に書いた手紙は私の気分を上向きに変えた。

残りの執務も精力的に行えた気がするわ。

「お嬢様、旦那様がお見えです」

待ちに待った父との面会。

陛下が使うような豪華な謁見室とは違い、質素な部屋を使用している。部屋にいるのは私とマリーとサナ、カインと父のみ。部屋の外にはラナンが護衛に当たっている。

もちろん王家の影もないことを確認した。

「お父様！　会いたかった」

父の顔を見て安堵し、涙が出てしまう。

「エリアナ。父によく顔を見せてごらん。またこんなに痩せてしまって。辛かっただろう」

父は抱きしめて涙を拭ってくれる。

「手紙にも書きましたが、貴族達の強い勧めもあり、陛下も折れて後ろ盾のある第二側妃を立てるように進言がありました。サルタン殿下はあまり乗り気ではない様子ですが、選定は近々行われると聞いています」

父は私に微笑みながらソファに座る。私も向かいのソファに座った。

「あぁ、私のところにも陛下から直接打診があったんだ。私も選定には関わることになった」

「まぁ、お父様に打診が？　やはり私の立場があるからですね」

「あぁ、そうだな」

王家は私を蔑《ないがし》ろにしていないという形を取りたいのだろう。

父としては非常に不愉快だったが、公爵家の影響を色濃く受ける者を送り込めば、私の生活も改善されると踏んで引き受けたのだとか。

「殿下好みのしっかりとした素性の令嬢を選んだ。彼のことならきっと気に入るだろう。エリアナの足元には及ばないだろうが、最低限の公務をこなせるように教育を施している最中だ」

「お父様、そのご令嬢は側妃で良いと納得しているのですか？」

基本的に側妃狙いの令嬢は下位貴族が多い。上位貴族ともなれば財力もあり、家は安定しているため婚約者探しに苦労することはない。わざわざ側妃に手を挙げる者は少ないのだ。

「あぁ。彼女の名前はオフィーリアと言ってサロー子爵の娘だ。祖父の作った借金は凡庸な子爵では返せなくてな。身売り同然であのカモロン男爵の後妻に引き取られる寸前で拾った。サロー子爵には大変感謝されている。もちろんオフィーリアからもだぞ？　醜男《ぶおとこ》の後妻より素敵な王子と結ばれる方がいいとな。今は公爵家で預かり、基礎から教育を施している。彼女も将来が懸かっているせいか、寝食惜しんで勉強に励んでいる。殿下好みの綺麗な令嬢だ。もちろんエリアナには遠く及ばないがな」

父はにこやかに側妃候補者の話を聞かせてくれた。

歳の離れた醜男《ぶおとこ》の後妻より、歳も近く秀麗な殿下の側妃の方が良いですって？

父の口からカモロン男爵の名が出たということは、そうなのでしょう。

私はホッと胸を撫でおろす。

「アリンナの侍女ファナからの報告でアリンナ様は側妃を迎えると知らないようです。殿下は安定期を迎えた彼女を後宮へ移す話をしているようですわ。まだ彼女には仕事をしてもらいたいので居座るように誘導しているのですが、どうなるかはわかりません」

「大丈夫だ。あの女が後宮に行こうとな」

父もアリンナの動向は掴んでいるようだ。大丈夫だと言っているもの。

私が揺らいではいけないわ。

「お父様、殿下と側妃候補者達との顔合わせはいつ頃なのですか？」

「二か月後だよ」

「ではその日に私も立ち会いますわ」

「わかった。それまでに令嬢を仕上げておく」

短い面会だったけれどやはり家族と会って安心する。

それと同時に不安も押し寄せてくる。

彼はどうするのかしら。

側にいてほしいと甘く囁《ささや》くその口から、次は何が紡がれるのかしら。


私はマリー達を連れて側妃候補者達が殿下と顔合わせする会場に近いひと部屋を取り、側妃候補者の控え室からオフィーリアを呼び出した。

「貴女《あなた》がオフィーリアね。私は正妃のエリアナよ」

「エリアナ様、よろしくお願いします」

そう言って彼女はたどたどしいながらも礼をしている。作法としてはまだまだ未熟だけれど、続けていけば早いうちに及第点に届きそうね。

流石《さすが》お母様。よく彼女を見つけ出せたわと思う。サルタン殿下の好みの顔立ちだわ。

アリンナは中身はおいておいて、ふんわりとした柔らかい雰囲気の可愛い見た目。

彼は子猫のようにか弱い素振りで甘い言葉を話すアリンナに惹かれてしまったのね。

オフィーリアは目がくりっとした幼い印象を与える顔つき。公爵家の侍女は大人びた化粧をしてくれているわ。でもサルタン殿下は庇護欲のそそられるような娘が好みじゃないかしら。

「妃教育は順調のようね。ただその髪型と化粧では駄目。殿下向きではないわ。マリー、サナ。お願いね」

もちろん侍女達はサルタン殿下の好みを把握済みだ。頷くとすぐにドレスの着付けをし直し、儚《はかな》げで庇護欲をそそるように化粧も全てやり直す。髪もきっちりと結い上げられていたが、あえてハーフアップにして飾り気がないようにした。マリーから話し方もアドバイスを貰っている。

「……完璧よ。流石《さすが》私の侍女ね。オフィーリア、最後に確認するけれど、本当に側妃として選ばれても良いの？　今なら引き返せるわ」

最後に彼女に確認する。彼女の中では既に決定事項のようで、迷いは一切ない様子だ。

「エリアナ様、ありがとうございます。私に好いた方もおりませんし、強欲で醜い男爵の後妻になることを考えたら素敵な殿下の元に嫁ぐのは幸せしかありません」

私の問いに対して、どこか尖った芯のある答え方。

彼女、選ばれるのが当たり前のような感じね。よほど自分自身に自信があるのかしら。それともそんなにあの男爵家に嫁ぐのは嫌だったのかしら。

彼の見た目はともかく、有数の資産家だし、優秀でとても優しい人なのに。

ある意味彼女は見る目はないのかもしれないわね。

殿下とお似合いなのかしら。

「……そう。ならよかったわ。では、顔合わせを頑張って」

私は気怠さを感じながら彼女の仕草を眺めている。

サナはオフィーリアを側妃候補者控え室に送り届ける。

パタンと扉が閉まると私の張りつめていた心の糸もプツリと切れ、マリーに縋《すが》るように抱きつく。

「……マリー」

「お嬢様、お嬢様には私が付いております。私達から見ても彼女は……。彼女を選ぶならやはり殿下はそれまでの男なのです。お嬢様ではもったいない」

私はマリーに抱きつき、複雑な乙女心はそっと心の奥底に閉じ込めた。

これから夫に望まれ、愛される妃とこの先も必要とされない妃。

粉々になった心のカケラでもまだ心は傷つくのね。


側妃候補者の顔合わせは謁見の間で行われた。

数段の壇上には陛下と王妃様が中央の席に座り、右段下には殿下と私。

左側には宰相と父が立っている。

この日集められた令嬢は五人。そのうちの一人は日頃から側妃になりたいと殿下を追いかけていたケイティーナ嬢。相変わらず自信たっぷりね。

あと親からのゴリ押しで候補になったご令嬢三人、とオフィーリア。

令嬢達は皆、美しく着飾っており、オフィーリア以外の令嬢はしっかりと淑女教育も受けている様子が窺える。令嬢達の殿下への底知れぬ欲が見てとれるわね。何がなんでも側妃になりたい者達。女同士のライバル心はすごそう。今もこうして互いを睨《にら》み、牽制し合っているのだもの。

それでもやはり群を抜いてオフィーリアが美しいわ。着飾る令嬢達の中で唯一装飾品が小さいけれど、かえって宝石やドレスに着飾られることなく、本人の素材そのもので勝負をしている。

宰相が司会を進め、令嬢達は一人一人陛下とサルタン殿下に挨拶をし、アピールした。

最後にオフィーリアが挨拶をする。挨拶する仕草も淑女とはほど遠いが、それがかえって庇護欲をそそっているわ。

彼女は指示通りサルタン殿下に顔を向け、ゆっくりと視線を上げた後、物悲し気に微笑んだ。

……人が恋に落ちるというのはこういうことなのね。

時間が止まったかのような、雷に打たれたかのような。表現すればきっとそういう感じ。

彼はオフィーリアに釘付けとなっているわ。

私が側でじっと観察しているのにも気づいていないほど。

父も殿下の様子に気づいたようで口角が少し上がっている。

側妃候補者達との初顔合わせは済み、令嬢達は次回の殿下とするお茶会について宰相から説明を受けている。

彼女達を残して私達はその場を後にした。

もちろんサルタン殿下は私をエスコートして会場から下がったのだけれど、彼はどこか遠くを見つめている。心ここにあらずね。

ただ手を乗せているだけの私の視線にも気づいていない。

こうして歩いている最中でも彼女オフィーリアのことを考えているのでしょうね。

会話もなく廊下を歩く。

「サルタン殿下、エスコートはもう結構ですわ。後は自分で戻れますから」

「……あ、あぁ。すまない」

上の空のサルタン殿下。まだ雷に打たれた余韻に浸っているのかしら。

私は早々にエスコートされていた手を離し、マリー達と共に部屋へ戻った。

側妃決定は約二か月後。殿下は公務の合間に令嬢達とお茶会を平等に行う。側妃候補者達は殿下とのお茶会以外は妃教育を王妃様や先生達から受ける。かなりのハードスケジュールのようだ。

ある日、私は王妃様が主催する職業夫人のサロンに呼ばれた。婚姻後も仕事を持つ夫人は少ないのだけれど、教師や医者、研究者など各方面で活躍している女性は必ずいるもの。

私も王太子妃だけれど、政務についているため呼ばれたのだろう。このサロンではやはり知識人も多く、学ぶことも多い。とても有意義な時間を過ごせたの。

「それでは皆様、ごきげんよう」

サロンが終わり、サナとラナンを連れて執務室へ戻る途中にサナが小さく声を出した。

「サナ、どうかしたの？」

「え、いや、あの、何でもないよ？」

サナは取り繕うように言うけれど、周りに視線を彷徨《さまよ》わせてすぐに理解した。

「あぁ、側妃候補者とお茶をしているのね」

サナは私に気を遣ったのだろう。ラナンに小突かれているサナを見て私はクスリと笑った。

「今日は誰とお茶をしているのかしら？」

立ち止まり、そっと窓から覗いてみると、オフィーリアのようだった。

二人の様子を見ていると、とても仲がよさそうに見える。

お茶を飲みながら会話し、サルタン殿下はポケットから小さな箱を取り出してオフィーリアに差し出している。

「殿下、あれはないよねー。お嬢様には何にも贈ってこないのにね」

「あの方の人を見る目のなさは天下一品だがな、サナ、それ以上ここでは言うな。不敬だぞ？」

「そうだねー。エリアナ様、執務室へ戻りましょう？」

サルタン殿下がオフィーリアに渡した物はどうやら髪飾りだったようだ。

立ち上がり、オフィーリアの髪に付ける。そして二人は見つめ合い、微笑んでいた。

その様子を二階の窓から見ていた私はそっと息を吐いてその場を立ち去った。

私はというと、相変わらず文官達に心配されながらも早朝から深夜まで執務に追われる日々を過ごしている。

「エリアナ様、王太子妃用のお金がほとんど使われておらず、使用するように言われております」

「うーん。私ってしばらく執務しかしていないし、使う予定がないのよね。何に使えば良いかもわからないわ」

宰相が執務室に訪れ、進言してきた。

「側妃のアリンナ様はドレスのお仕立てやお子のために使われています。王妃様は舞踏会用のドレスやお茶会の費用などに当てられておりますね」

「宰相、今の私は執務しかしていないのですから無理に使わなくても良いのでは？」

「それでは他に示しがつきません」

舞踏会やお茶会等への準備に最低限の費用は使っているはずだが、それではまだまだ足りないらしい。以前文官にも使ってくださいと泣きつかれたのを放置していたけれどそれがまずかったようだ。

私は悩んだ末にいいことを思いついた。

「宰相、孤児院横に平民用の学校を建てましょう！」

私は明るい声で言って手を叩いた。

「学校、ですか？」

「えぇ、そうよ。王都にも平民用の学校はあるわ。けれど、入学金や授業料を払って通わないといけない。うちの家の使用人の子供達は通えているけれど、孤児や収入が少ない者は通えない。いまだに大人でも文字を読めない人が一定数いるわ。そういう人達は能力があっても貧困から抜け出せない。少しでも貧困から脱出するための施設は必要よ」

「そうでしたか」

「あまり大層なものでなくてもいいの。王都にある孤児院や教会の横に建物を建てて最低限の読み書き、計算ができればいいわ。無料で教えるのだから、既存の施設に迷惑にならないような感じにしたいわね」

宰相は驚いた表情をしたけれど、それは良い考えですと何やら思案しながら執務室を去っていった。その時に私の話を聞いていた文官達にも好感触だったみたいで、その場で会議のようにさまざまな意見が出た。それを纏《まと》めた後、宰相に提出したみたい。

宰相からすぐに取り掛かりますと返事が来た。どうやら孤児院や教会横にはバザー等で使用する建物があることが多いらしく、そこを借りて半期ずつ無料で教える計画になった。そうすれば費用もかなり抑えられ、すぐに取り掛かれるということだった。無料学校に人を集めるため、勉強をした後、参加者にはパンが配られる予定だ。

教師の手配はかなり難しいと考えられたので王宮の騎士が交代で教師として教えるらしい。

なぜ騎士なのかというと、治安維持のために有効だと考えられたからだ。教える方は大丈夫なのかと心配されたけれど、王宮で働く騎士はもちろん試験がある。合格者は読み、書き、計算ができるためだ。騎士や時には文官が無料学校へ行き、授業を行う。

こうして私の思い付きがすぐに実現された。

以前は貧困者や浮浪者は教会や王家からたまにある炊き出しに列を作ってその日の飢えを凌《しの》ぐだけだった。今は勉強に取り組むことでパンが支給される。飢えに怯えることがなくなると治安が格段によくなったのだとか。じわじわと識字率は上がり、悪徳商人に騙される人が少なくなってきたそうで平民達からは感謝をされつつあるらしい。

思わぬ副産物ね。

そして忙しさで気にしていなかったけれど、今までサルタン殿下から花や菓子が贈られていたのがパタリとやんだ。

……今日もきっと二人で楽しく中庭でお茶をしているのね。


――そうして迎えた側妃決定の日。

約二か月間殿下は令嬢達とお茶会や観劇に行っていたようだ。

最初は平等に、満遍なく令嬢達と過ごしていたそうだけれど、最後の方はオフィーリアと二人で会う機会が多くなっていたと聞いたわ。

彼には平等という言葉の意味がわかっているのかしら？

前回と同様に謁見の間に呼ばれた令嬢達。令嬢達は各々サルタン殿下に合わせたドレスを着て出席しているわ。宰相から事前には聞いていたけれど、側妃候補者達の中にいる一番優秀な令嬢は今日のドレス一つとっても気品や気配りが見て取れた。私なら絶対に彼女を選ぶ。

ケイティーナ嬢はというと、その場にふさわしいドレスや曲がりなりにも上位貴族であるためマナーは素晴らしい。けれど、サルタン殿下の色で統一していて少し目立っている。

残念ながらサルタン殿下の視線の先にはオフィーリア。彼女しか見えていないような感じだ。

……やはり彼は見る目がないのね。

「今日集まってもらった令嬢達、妃教育は大変だっただろう。各令嬢とても優秀で素晴らしい成績を残し、側妃選定は困難を極めた。では第二側妃となる者の名を発表しよう。……オフィーリア・サロー子爵令嬢、前へ」

宰相の言葉にホッとした表情をし、一歩前へ出て礼をする。

その場にいた陛下や父は顔色を変えず拍手を軽くした。

私はというと、陛下の横で立ってその様子を見守るだけ。

サルタン殿下はにこやかにオフィーリアに歩み寄り、彼女の前で片膝を突いた。

「どうか我が妃になってください」

「よ、よろこんで。こちらこそよろしくお願いいたします」

オフィーリアは左手を差し出すと、サルタン殿下はその手を取り、キスを一つ落とした。

その後、彼は立ち上がり腰を抱いて二人で微笑み合っている。

ほかの令嬢達はその姿を見てホッとした様子だったり悔しそうにしていたりと悲喜こもごもだったようだ。

私は、何を、見せられているの、かしら……

自分の夫が目の前で別の女性を抱いている。

どう言葉で表現していいのかわからない感情が心の奥から漏れる。

嫉妬？　憎しみ？

違うわ。そんな感情はないもの。

けれど苦しみに似た感情が息をしづらくし、身体を動けなくする。

「さて、集まっていただいた令嬢達には王家から費用と希望者には婚約者候補の紹介を行うことになっている。後日返事をお願いする」

そうして宰相は婚約者選びの終了と今後の説明を行った。

「エリアナ様、執務室へ戻りましょう」

カインはそっと私の後ろで耳打ちをして手を差し出した。

「え、えぇ。カイン、そうね。では、皆様ごきげんよう」

私はカインの手を取り、会場を後にする。会場を出ると、マリーもラナンも待機していたらしく私の後ろに回り、執務室へ一緒に入る。マリー達は口を開くことはなかった。

ただ、カインがエスコートする手はいつもよりしっかりと握られている。

「カイン、エスコートありがとう」

「エリアナ様、無理はなさいませんように」

「……そうね。ありがとう」

カインは護衛の職に戻り、私は沈黙したまま執務を始めた。

あの後、彼らはどうしたのかしら。私もまだまだね。自分のことでいっぱいだった。こうして皆に気を遣われているのだもの。反省しながら執務をこなした。

側妃決定の最後の話し合いには陛下とサルタン殿下、宰相と父が参加し側妃を決定したらしい。殿下の強い意向でオフィーリアに決まったそうだ。選んだ理由はオフィーリアの美しさや直向《ひたむ》きさを気に入った、とのこと。

後で選考時の話を聞いたのだけれど、父と宰相が推薦したのはやはり私が一番素晴らしいと評した令嬢だった。父がオフィーリアを推薦しなかったことからも彼女には既に失格の烙印を押されている。

陛下はケイティーナ嬢を挙げていた。やはり貴族への影響力を考えたようだ。三人から別の者を勧められたのにもかかわらずオフィーリアを選んだサルタン殿下。

彼女はとても美しく、慎ましやかで前向きに勉強に取り組む姿、どれを取ってもオフィーリア以外考えられない、彼女ならサラテ公爵の後ろ盾もある、と言ってきかなかったらしい。

おそらく宰相は呆れた顔をしたでしょうね。目に浮かぶわ。

殿下とオフィーリアは側妃決定の日からあまり日をおかず婚姻の儀を迎えた。

サロー子爵の意向もあり、今回もオフィーリアとの婚姻は王族と子爵家だけの参加となった。サロー子爵家では側妃を送り出す費用はないため、当然我が家からの出費となる。

もちろん父であるサラテ公爵もオフィーリアの後ろ盾となっているので婚姻式には参加している。

オフィーリアは王妃様の覚えめでたいようで、今回の晩餐には王妃様が参加するようだ。

アリンナは出産前なので気が立っているらしく、第二側妃を迎えたとは知らされないまま後宮に移って過ごしているらしい。

今まで使われていたアリンナの寝室は改装され、今後はオフィーリアが使うための部屋となった。

そして第二側妃の結婚式当日。

サルタン殿下とオフィーリアの結婚式はアリンナと同様に王宮にある教会で式を挙げた。もちろんサラテ公爵家が支援しているので第二側妃に似合った式となる。

参加者は陛下、王妃様、第二王子のラファル殿下と私、サラテ公爵夫妻、第一側妃の実家であるガザール男爵夫妻、サロー子爵夫妻、宰相が出席した。

オフィーリアは父にドレスや装飾品をここぞとばかりに強請《ねだ》ったようだ。

もちろん殿下の寝室の模様替えも全て我が家が用意している。

第一側妃のアリンナ様はもう臨月に入っていていつ生まれてもおかしくないため、後宮で安静にしているのだとか。

私は式が始まる前にオフィーリアのいる控え室を訪れた。側妃に決定した日以来、彼女は私のところへ挨拶にも来なかった。

彼女は何を思っているのかしら。どれだけ仲が悪くても形式上の挨拶くらいはするものだと思っていたのは私だけだったのかしら。

「お邪魔するわ」

私が部屋に入るとそこには準備が大方終っていたようで公爵家の侍女達と、父と母、そして子爵夫妻がいたわ。侍女達は忙しなく動いているけれど、オフィーリアは私を見るなり笑顔で挨拶をしてくる。

「エリアナお義姉様《ねえ》、ようこそお越しくださいました。お義父様《とう》っ！　このドレス、素敵でしょう？　頼んでよかったわ！」

私との挨拶をそこそこにオフィーリアはくるりと回って見せ、父に話し掛ける。

私はオフィーリアの挨拶に違和感を感じた。

エリアナお義姉様？　お義父様《とう》？　養子だと勘違いしているの？

確か父は養子にする手続きは取っていないわよね……？

「エリアナ！　元気にしていたか？」

父はオフィーリアを無視する形で私を抱きしめて耳元で囁《ささや》いた。

「馬鹿な娘だろう？」

「ふふっ。お父様、つい先日会ったばかりではありませんか。お母様、お久しぶりです」

私は父に笑顔で答えを返す。

「エリアナっ。なかなか会えず、心配していたのですよ。こんなに痩せてしまって。後でエリアナの好物をマリーに持たせるわ」

「お母様のクッキーが食べたいです。オフィーリア嬢、準備はできたのかしら？」

「っ‼　エリアナ様、本日はご参列いただき、ありがとうございます」

「よかったわね、サルタン殿下に選んでもらえて」

私がそう話すと、オフィーリアは笑みを浮かべて応える。

「えぇ！　サルタン殿下は私を愛おしく、早く結婚したいと結婚式を急がせたみたいです」

「そうなの？　よかったわね」

側妃に選ばれて頭がお花畑になってしまっているのかしら？

父や母、公爵家の侍女達は笑顔で祝福しているように見えるけれど、誰一人目が笑っていないのに気づいていない様子。

正妃の私がいるのに、その発言はあまりよろしくないわ。まだまだ講師陣の教育が身についていないのね。

私は父に視線を向けた後、入り口へと向かう。

「そろそろ式も始まるわ。私は先に参列者席に向かうわ」

「エリアナお義姉様！　これからよろしくお願いいたしますねっ」

オフィーリアはニヤリと満面の笑みを浮かべて私に言葉を投げた。

「オフィーリア嬢、おめでとう。私をお義姉様とは呼ばないでくださる？　では、ごきげんよう」

私は笑顔で部屋を後にする。あの子はアリンナほどではないけれど、厄介な子ね。

部屋を出るとすぐにサナが後ろからそっと口を開いた。

「あの女、消します？」

「ふふっ、今日が彼女の結婚式なのに？　血しぶきで私のドレスが汚れてしまうわ？」

「お嬢様の許可があれば今すぐにでも実行したくてうずうずだよ。でも我慢だね」

「偉いわね、サナ。どうせ彼女はそのうちに自滅するわ。気にしないの」

「はぁい」

自分は公爵令嬢になったと思っているようね。

……後で痛い目をみなければいいのだけれど。

私は一足先に教会の参列者席に座り、二人が入場するのを待った。

時間になったため、陛下達も席に着いている。

聖歌隊と楽団の音楽が響き、サルタン殿下とオフィーリアの入場の時間となった。

私達は拍手で二人を迎える。

サルタン殿下もオフィーリアも互いに視線を送り合いながらゆっくりと歩く。神官の前に立ち、誓いの言葉を述べる。その姿はとても愛に満ち溢れていて二人とも幸せを謳歌しているようだ。

式はつつがなく終了する。この後は王家と子爵家の食事会が行われる予定だわ。王族が退場した後、我が公爵家が式場を出た。

「エリアナ様」

私は呼び止められ、振り向くとそこにはサロー子爵夫妻が恐縮した様子で立っている。

「サロー子爵、どうかしました？」

「この度は不出来な娘がご迷惑をお掛けし、申し訳ありません。私の身分ではエリアナ様に直接感謝することもできず。至らぬ娘だと思いますが、今後ともよろしくお願いいたします」

二人とも先ほどの光景を見て思うところがあったようだ。

子爵夫妻はまともな感性の持ち主かもしれないわね。アリンナの実家もそう。どうしてこんなにしっかりとした親からあんなのが育つのか理解できないわ。

「いいえ、構わないわ。この後の晩餐もそろそろ始まります。どうぞ楽しんでください」

私は微笑みながらそう子爵に告げて、子爵達に先に会場へ行くよう促した。

男爵家族もその後ろに続いて会場へと向かい移動している。

私は教会の後片づけの指示をするようなふりをして、そのまま会場に入らずに自室に向かって歩き出す。

……私はいてもいなくても変わりはないもの。

「お嬢様、私のエスコートでお部屋まで行きませんか？」

そう言ったのはカイン。けれど差し出された手は二つ。

「ふふっ。カイン、ラナンありがとう。私は両手に花で部屋に戻るわ」

「お連れします。我が姫」

私は部屋まで二人のエスコートで戻るとサナとマリーは何も言わずにお茶を準備していた。

「お嬢様、最上級のお茶を用意しました」

「マリーありがとう。いただくわ」

きっと今頃楽しい食事会が始まっているはずだわ。私を呼びに来る従者もいないということは、私は参加しなくても良いということ。何かあれば父が何とかしてくれるわ。

「それにしてもアレはないよね～殿下って鼻の下伸ばしっぱなしだったし。どう見たってお嬢様の方が美人だし、マナーだって付け焼き刃なのに気づかないなんて。やっぱり見る目ないわ。それにあの娘、お嬢様に向かって不敵に笑って。絶対裏切るわ。だから旦那様も養子に迎えなかったのよ。ね、ラナンもそう思うでしょう？　私が男だったらお嬢様を絶対不幸にさせないよぉ」

「こらっ、サナ。言いすぎだ。まぁ、男の俺としても思う部分はある。妾を連れてきてお嬢様に無理矢理認めさせといてお嬢様には側にいてほしいと言いつつ、二人目だろ？　二人目が気に入ったからお嬢様も妾もポイッと捨てる、なんてのは傍で見ていて気分は悪いな」

ラナンの言葉に皆頷いている。

「お嬢様、計画を早めてはどうですか？」

「そうね。でも早めると気づかれてしまうわ。どれだけ早くてもアリンナ様の出産を終えてからよ。アリンナ様に手伝っていただかなくてはいけないのだから」

「そうですね。計画を進めるのに早くてあと三か月か。生まれるのが王子だといいですね」

マリーの言葉に皆口を閉じた。

サラテ公爵の思惑

我がサラテ公爵家の美しく秀でた娘が、お飾り妃として王家に奪われた。

幼少期から始まった妃教育で泣きながらも朝から晩まで勉強し、楽しい経験を何一つさせてやれなかった。せめて王妃となれば夫婦穏やかに過ごせるよういろいろと準備をしていたのに。

王家のこの仕打ち。

許されることではない。

娘のエリアナもやはり殿下の不貞を許せなかったようだ。侍女が言うには一人部屋に籠り、泣いていたと聞いた。目を腫らして出てきたかと思うと何か決意した目をしていたらしい。

さんざん泣いて自分の中で整理がついたのだろう。

私達に計画を打ち明けてくれた。

エリアナはこのまま公務、執務を行う。

アリンナにはあと二人王子を産んでもらい、退場していただくと。

彼女は自身の美貌を鼻に掛け、嫉妬深く、注意をした令嬢をとことん虐《いじ》めて排除してきたらしい。

殿下と仲睦まじくすればエリアナは標的になる。

娘の話した計画はこうだ――アリンナには嫉妬でエリアナに毒を飲ませるように誘導し、その場でアリンナを捕まえる。彼女はそのまま幽閉、エリアナは療養と称し公爵家に戻るという算段だ。

しかし離縁に持ち込むにはそれだけだと説得力が弱い。

毒で倒れたとなると王家の外聞も悪くなる。世間への発表では重病のための静養となるはずだ。

そこで白い結婚だったと教会も味方に付ける。

細部まで打ち合わせし、マートン医師にも協力を依頼した。マートン医師は幼少期からエリアナを見ているため、孫のように思っていたようで快い返事を貰った。今は王宮でエリアナ専属の医師となってくれている。

エリアナが王宮で一人頑張っているのだ。私達も用意周到に動かねばならない。

私達は早速夫婦で挙式を行う教会に出向いた。そして神官長にエリアナの不遇を涙ながらに訴えて寄付を行った。心証はかなり変わっただろう。

あの男爵令嬢《アリンナ》につける侍女も公爵家の暗部から一人出した。

怪しまれることもなく男爵令嬢は侍女を信頼した。

全ては順調に進んでいる。

成人を迎えたエリアナが離縁されて公爵家に戻る頃には、同じ年頃の令息達は既に婚姻しており、良い縁談は望めないだろう。

だがそれでも構わない。大事な娘だ。エリアナにはこれ以上苦労をさせたくない。家に無事戻れば今まで苦労した分、甘やかしていこう。妻ともそう話をしている。

たとえこの先結婚できなくとも将来近縁から養子を取ればそれで解決する。

私が裏から手を回し状況を見守っていると、暗部から一報がもたらされた。

「どういうことだ！　王家もいい加減にしろ！」

ただでさえ慣例を無視して側妃を迎えたのに、あの女から生まれた子は不義の子だった。

調べが緩すぎる。王家は何をやっているんだ。

陛下や王妃は今まで王子の鑑とも言われていたサルタン殿下の暴走に困惑し、手を焼いている様子。エリアナ以外の令嬢達を徹底的に近づけないようにしていた弊害だろうか。

サルタン殿下は優秀だったはずなのだがな。

女でこれほど変わるものなのか。

それをおいても殿下に付いている側近達の能力のなさには呆れ果てる。学生であればまだ子供だからと目を瞑《つぶ》れるが、成人してもあんなに役立たずでは駄目だ。しっかりと殿下に諫言《かんげん》するような人物はいないのか。

まぁ、役に立たないことが今、こちら側の役に立っているが。

それにしてもあの娼婦のような女にしてやられるとはな。ある意味、あの女も暗部向きの性格だろう。言葉一つで男を手玉に取り、骨抜きにするさまは、我々も見習わねばな。

エリアナの子を引き取ってほしいと娘から手紙が来た時は嬉しくなった。

エリアナの采配は素晴らしい。

流石《さすが》我が娘。

機転を利かせて側妃の子を内密に引き取れば、王家の弱みを握ることができる。

子を引き取る時、久々に会った愛娘は以前よりずっと食が細くなっているのか、元々細身だった身体は更に痩せたようだ。

マリーに後日報告させたが、エリアナはあの馬鹿の執務まで請け負い、早朝から深夜まで仕事を行っているらしい。身体を壊しては元も子もない。

我が娘は生真面目なせいで手を抜けないのだろう。それは誇らしくもあるが、親としては心配だ。

あの馬鹿と結婚した当初はお飾り妃だと嘲《あざけ》る者も多く、相当辛かっただろう。

だが、仕事に真摯に向かう姿を知り、娘の評判はうなぎ登りだ。

反対に殿下と側妃の評判はガタ落ちだ。それもそうだ、王家はひた隠しにしているが、城では多くの人間が仕事をしている。どこからか必ず漏れるものだ。

忌々しく思いながら乳母と子の乗った馬車に乗り込む。

「エリアナから聞いた。ベレニス、これからはサラテ公爵家で力を発揮してほしい。邸《やしき》に着いた後、使用人寮へそのまま入って落ちついたらすぐに家族を呼び寄せなさい。オリバーの世話もあるだろうから三年はこのまま乳母として働いてもらう。その後はオリバーはほかの使用人達の子供と同様に育てる。だが、まがりなりにも側妃の子だ。大切に育ててくれ。必要なものは侍女長へ申請し、用意してもらいなさい」

「……ありがとうございます。誠心誠意努めさせていただきます」

そうして側妃アリンナの子、オリバーはベレニスの元で育てられている。

最初こそ環境も変わり夜泣きがひどかったようだが、ベレニスの家族の支えもあり、オリバーはスクスクと育っているようだ。ベレニスはまめに報告を上げている。

使用人の子達はオリバーの境遇を詳しくは知らないようで、ベレニスの遠縁の子という認識のようだ。ベレニス夫婦は肯定も否定もせず曖昧に濁している様子。

使用人の子供達の中でまだ乳幼児のベレニスの子とオリバーはお世話ごっこの主役なのだとか。

幼い頃から年下の子の世話をすることが将来のための勉強になるのだと思うと微笑ましいな。

乳母のベレニスはこのまま公爵家で働くことを希望している。夫も元男爵家の子息。しっかりとした教育もされていたようなので、従者としてすぐに働き始めた。

ベレニスの実家やその夫の実家に使用人として寮住まいになるため連絡を取ると、両家から感謝され、我が公爵家の派閥に入ると言われた。ベレニスの夫の実家は貿易品を扱う商会を営んでいるため、我が家の派閥に入るとこちらとしてもメリットはかなり大きい。

ベレニスの子やオリバーが大きくなればそのまま使用人として雇っても良いだろう。

ベレニスも家族も一緒に引き取られたことで、安心してオリバーを育てていけるようだ。


オリバーに関する別の話だが、ファナからの報告でアリンナがオリバーを気にしているようだ。

ファナや他人がいる前では普段と変わらない様子を見せているが、一人になる時に自分は我が子を幸せにできないのだと涙を流し後悔をしているらしい。人前では絶対に顔に出してはいけない、自分がしたことを悔やんではいけない、自分は悪女になり続けなければいけないと自分自身に言い聞かせているのだと。馬鹿な女だが、自分が母親だという自覚はあったようだ。唯一の救いだな。

ファナはずっと様子を窺っていたらしいが、ある日のこと。

「殿下の子ではないけど、生まれた子には何も罪はないはずよ。これをあの子に恵んであげるといいわっ！」

そう言ってベレニス宛に手紙と小さな宝石を預けたようだ。

ファナは何も言わず受け取り、私に報告してきた。もちろん渡すことに問題はない。

ベレニスへ手紙と宝石を渡す許可を出した。

ファナから手紙と宝石を受け取ったベレニスはとても喜んでいたようだ。宝石を生活費に当ててほしいと書かれてあったようだが、ベレニスはオリバーのために置いておくと言っていた。それからもことあるごとにアリンナは自分の子のために小さな宝石や手紙を送っているようだ。

小さな宝石は街で換金しやすいと聞いた。彼女は男爵出身だ。その辺りの経済観念はしっかりとしているのだろう。それに王家からの側妃の費用は出ているが、公の場に出ることを許可されていないアリンナの歳費は限られている。小さな宝石なら趣味の範囲として問題ないのだろう。

子を想う親の気持ちは理解できる。私はアリンナの行動を止めることはせず静観するのみだ。

エリアナもオリバーをとても心配していたな。後で手紙を書いておくか。


そうして落ちつくと思っていた矢先、城から使者がやってきた。

こんなにもエリアナが頑張っているのにもかかわらず、また慣例を破り第二側妃を迎えるだと……？　貴族達は前例があるためにいけると考えたのだろう。

陛下はエリアナとの子を望んでいたようだが諦めたのか。エリアナがそう誘導したのはわかっている。ここで私が騒げばエリアナに子を産めと強制されかねん。

本当なら公爵家として娘が子をなし王家と血縁になることを勧めるのが一番だろう。だが、娘は裏切られ、日に日にやつれていく。娘を蔑《ないがし》ろにするほど公爵家は脆弱ではない。

娘を守るため、王家から奪還するためにここは黙って大人にならなければな。

すぐに宰相に連絡を取り、正妃の実家である公爵家から第二側妃候補者を選定する側に入り込めた。

大切な娘を軽く扱う王家に憤懣《ふんまん》やるかたないが、それを出せば娘を連れて帰れなくなる。

あぁ、口惜しい。今に目にもの見せてくれよう。

とりあえず選定者として候補者リストに目を通すが、駒になるような良い令嬢はいなそうだ。こちらから用意するしかないな。

「あなた、今、サロー子爵家は祖父が作った借金で存続が危ういらしいわ。あそこの娘はデビュタントの時に美しいと評判になっていたの。ちょっと手を貸してあげれば良いのではないかしら？」

「そうだな。流石《さすが》は我が妻。カモロンに少し協力してもらうか」

妻も私と同じように考えてくれていたのだろう。

夫人達が開くサロンで情報を集めていたようで一人の令嬢に目を留めたようだ。

私はカモロン男爵に手紙を送る。

彼は国内有数の商会を保有しており、男爵位も金で買ったと言われるほどの男だ。なぜそんな男と繋がりがあるのかといえば、私がカモロンを見つけ出したからだ。

目利きは天下一品と言われるほどの男なのだが、カモロンを取り巻く環境がよくなかった。貴族相手に平民だった彼は搾取される一方だった。奴隷のように働かされていた彼を引き取り、私のポケットマネーから資金を出し、彼の名で商会を立ち上げた。たちどころに扱う商品の品質の高さによって彼の商会に人気が集まった。彼は店舗を増やし金を稼ぎ、今の男爵まで上り詰めたのだ。ほかの貴族からは成金や爵位を金で買ったという評判がついて回っているが、彼はそんな言葉は気にしていない。強い男だ。

そういう経緯もあり、カモロンはいろいろと協力してくれている。

数日後、カモロン男爵から返事が来た後、公爵家の一室で彼と会った。

「久しぶりだな、カモロン。元気にしていたか？」

「サラテ様、お久しぶりです。おかげさまで事業も手広くさせていただいてます」

カモロンはにこにこと笑顔で席に着き、執事の出したお茶を飲む。

「手紙にも書いたのだが、サロー子爵の娘を側妃に宛がいたいと考えているのだが、カモロン、できそうか？」

「お安い御用ですよ、旦那様。いつものように迫れば令嬢達は怖がり逃げ出しますからね」

「エリアナのためだ」

「報酬はもちろん公爵家へ戻った際にエリアナ様がデザインした装飾品の独占販売ですよね！　女神がデザインしたとなれば令嬢達は挙《こぞ》って買いにきますからね！」

「あぁ、もちろんだ。エリアナも喜ぶだろう」

「あぁ！　女神のお戻りはまだかっ！」

興奮しながらカモロンは商会へと帰っていった。

カモロンはエリアナを一目見た瞬間からファンとなっていたようだ。

彼は早速サロー子爵に連絡を取り、直接オフィーリアに会いにいった。カモロンから見たオフィーリアの評価は低かった。彼女は必ず裏切るだろうという宣言までした。

カモロンがそこまで言い切る令嬢も珍しい。

一方、サロー子爵はカモロンからの結婚の申し出に喜んでいたようだ。

その数日後、私が急遽横やりを入れた形だが、サロー子爵にとってはまたとないチャンスと踏んだのだろう、私の訪問を快く受け入れてくれた。

「君がオフィーリアかな？」

カモロンが会いにいった翌週にサロー子爵家に私も足を運び、娘を見る。

ふむ、あの馬鹿が好みそうな顔つきだな。やはりエリアナの身代わりとするには難しい。だが時間稼ぎには使えそうだ。

「オフィーリア・サローです」

娘は礼をする。当たり前だが上位貴族には遠く及ばない礼儀だ。エリアナと比べて出来の悪い娘に内心イライラするが、にこやかな笑顔で話す。

「君はカモロン男爵と婚約するそうだが、我が公爵家が声を掛けさせてもらった。君を引き取り、側妃候補に挙げる予定にしている。君の希望をここで聞いておくよ。カモロン男爵との結婚とサルタン殿下の側妃どちらが良いのかい？」

「もちろんサルタン殿下の側妃になりたいです。あんな醜男《ぶおとこ》の後妻に入るくらいなら殿下の側妃の方がいいに決まっています」

この娘、私を見る目が野心の塊だな。私を利用する心づもりか。やはりカモロンの見立ては間違っていない。

「私の娘、エリアナが正妃だ。君は我が娘を実の姉妹のように支え、守ることができるのかな？」

「はい。必ずエリアナ様を守ると約束いたします」

「サロー子爵、君の娘はそう言っているがどうだろう？　私はあまり人を信用しないたちでね。子爵は覚悟があるのかな？」

「サラテ公爵の言う通りです。信頼を裏切ることがあれば爵位、領地を全て公爵へお渡しし、私達家族、親族全て平民に戻ります。もちろん娘を好きにして構いません」

子爵は思っていたよりも真面目そうだ。それなりに娘の将来を考えているのだろう。

娘の方は自分優先だがな。親の心子知らず、だな。

「ほう。子爵はそこまで覚悟ができているのだね。わかった。オフィーリア、今日から君は公爵家で暮らすといいよ。最高の教師を付け、短期間だがしっかりと学んでもらう。覚えられない場合、この話はなかったことにする。それでいいかな？」

「もちろんですわ!!」

そうしてサロー子爵と書類を交わし、その日のうちに娘を公爵家へと連れて帰る。

教育をするのなら、一日でも早く取り組みたいからな。

もちろんエリアナが戻ってくるまでの間、後ろ盾となるが養子にはしない。

本来は平民や爵位の低い者が王家へ嫁ぐ際、爵位が問題になるので上位貴族の家に養子に入り、娘として王家に嫁ぐ。

だが、今回は第二側妃だ。貴族であれば爵位は関係ない。

エリアナとこんな娘が姉妹になるなんて考えられん。

子爵の娘は後妻か側妃かで選択をした気でいるようだ。

馬鹿な娘だ。

あの顔、裏切るに決まっている。

「オフィーリア、君は今日からこの部屋で生活をすることになる。明日からは妃教育を受けてもらう。頑張るように」

「お義父《とう》様、わかりました」

公爵家から養子縁組みをして身分を確保してから側妃候補として送り出されると思っているのか？　まぁいい。訂正してやるのも馬鹿らしい。

翌日から始めた妃教育。教師達からは覚えは悪くないようだ。が、教え込む時間が足りないと言われているのでまず表面的な部分だけを取り組むよう指示をしてある。

表面さえ取り繕えば後は王家でどうにかするだろう。

第四章

サルタン殿下は第二側妃とハネムーン期間として一週間公務を休んでいる間、私はいつものように執務に取り組む。

何も変わらない。そう、私は何も変わらない。

いつも仕事に追われているだけ。

ふと文官達に視線をやると彼らからますます気を遣われている様子。

第二側妃の選定を行うという知らせが執務室に来てから特に慌ただしくなっていたが、文官達にも詳しい説明のないまま新たに側妃が迎えられたことに困惑し、不安な様子だ。

「文官の皆さんに聞いてほしいことがあるの。少し、手を止めてもらっても良いかしら？」

執務室にいる文官達は一斉に手を止めて私の方に向き直る。

「皆さんも知っての通り、陛下の意向でサルタン殿下は昨日第二側妃のオフィーリア様をお迎えになったわ。サルタン殿下が公務に復帰するのは一週間後、その時にオフィーリア様も妃教育を進めながら公務にも徐々に取り掛かるそうよ。そしてこの執務室の私の席が今後、オフィーリア様の席となります。これからは私の代わりにオフィーリア様のサポートをお願いしますね」

私はにこやかに話をしたつもりだったが、文官達は狼狽の色を隠せないようだ。

一人の文官が手を挙げて質問する。

「オフィーリア様の席はエリアナ様の場所となると仰いましたが、エリアナ様の席はどこに置かれるのでしょうか？」

「残念ながら、私の席はなくなるの。彼女は私に代わり、正妃の仕事を全て行いたいと陛下に申し出たそうよ。サルタン殿下の言葉添えもあって執務はオフィーリア様がするわ。名実ともに私はお飾り妃となるのよ」

「そんな……。エリアナ様への仕打ち、あんまりじゃないですか」

文官達はどよめく。

オフィーリアは王宮での自分の地位を高めるために精力的に動くだろう。

反対に私は今までしてきた政務をオフィーリアに取られ、居場所も影響も排除されていくのだろう。

「私のことをいつも考え、支えてくれてありがとう。嬉しいわ。残念だけれど、皆さんも知っての通り、私は側妃ありきでサルタン殿下と結婚した。まぁ、これはサルタン殿下の意向だったけれど。今までもお飾り妃だったもの、今更気にしていないわ。一生懸命に働いて、席を譲るだけ。それだけよ？」

今の私はしっかりと笑えているかしら。

震えてはいないかしら。

気丈に振る舞えているかしら。

グッと手に力を入れて堪える。

大声で叫んでしまいたい。逃げ出してしまいたい。苦しいと。

どんなに頑張っても、上辺だけの甘い言葉。

全てを我慢して、耐えて、心に蓋をして今までやってきた。

マリーはそんな私の気持ちを察するように、黙ったまま静かにお茶を差し出した。

はっと我に返る。

「話はそれだけよ。皆さんの手を止めてごめんなさいね。仕事に戻ってちょうだい」

文官達は表面上は何事もなく仕事に戻った。彼らならオフィーリアとも上手くやれるわ。

そうして私も仕事に戻る。


第二側妃の婚姻の儀から駆け足のように一週間が過ぎ去った。

私は変わらず早朝から深夜に及ぶまで執務を行っていた。

ただ、いつも座っている席の荷物は急遽運び入れた執務机に移動させてある。

そう、今日からオファーリアはこの執務室で仕事を始める予定だ。

文官達と朝の打ち合わせを終えた後、執務に取り掛かった時、従者がノックをしてサルタン殿下とオフィーリア様が来たとを告げる。

執務室はその言葉で一瞬にして静まり返った。

そしてサルタン殿下に腰を抱かれて入ってきたオフィーリア。

みんなは黙って二人を見つめている。

けれど、注目されている二人はその視線を気にしていないようだ。

サルタン殿下から離れ、一歩前に出たオフィーリアは慣れない礼をした後、挨拶をする。

「今日からここで執務を取り行うことになりました、第二側妃のオフィーリアです。よろしくお願いします」

文官達も微笑みながら丁寧に挨拶を返している。

少し心配していたけれど、上手くいきそうだわ。

「仕事の引き継ぎはエリアナから聞くといい。ではまた後で」

サルタン殿下はオフィーリア様に口付けをして部屋から出ていく。

文官達はなんとも言えない表情をしたけれど、口にはしない。


「さぁ、オフィーリア様、今日からこの席がオフィーリア様の席となります。私の仕事の引き継ぎは三日間と聞いているので、わからないことは何でもお尋ねください」

「エリアナ様、ありがとうございます」

オフィーリア様の一日目の仕事は簡単な書類の説明を受けることから始まった。

今まで令嬢として過ごしていたオフィーリア様は、政務の書類はもちろんサロー子爵の領地経営について携わりもしなかったのだと思う。

書類の見方から書き方、サインの有無を一つ一つ丁寧に教えていく。オフィーリアは最初は王子妃の執務など少ししかないと高を括っていたようだ。

私が説明している側から新しい席に次々と運ばれてくる書類を見て、彼女の浮かべていた笑みは消えかかっている。

今までサルタン殿下の書類までもこちらに回ってきていた。王太子の重要な書類を執務初心者のオフィーリアに回し、間違われても困る。昨日のうちに宰相へ連絡し、オフィーリアに回す書類は慣れるまで最低限にしてもらった。オフィーリアができない書類はサルタン殿下に回すよう指示をしてある。今まで執務を怠けていた分大変だと思うわ。

まぁ、こればかりは自業自得でしかない。

そして夕方の鐘がなり文官達が仕事を終える頃に、オフィーリアにも仕事の終了を告げた。

「オフィーリア様、お仕事お疲れ様でした。よく頑張りましたね。明日からもよろしくお願いしますね」

「……疲れました。エリアナ様、今日はありがとうございました」

オフィーリア様は疲れ切った顔をしながら執務室を出る。

彼女の連れていた侍女は執務室の扉を閉める時にそっと私に視線を投げかけ、扉を閉めた。

「エリアナ様、本日もお疲れ様でした」

「お疲れ様、残り二日、よろしくお願いしますね」

いつものように文官達も次々と礼をして帰っていく。

私は彼らを見送った後、残っている書類に取り掛かり始める。

「フラヴィは上手く取り入ったようですね」

マリーが食事を執務室へ運んできた。

「お父様の指示かしら？」

「オフィーリア様の我儘かもしれませんよ？　気の合う侍女に側にいてもらいたいと」

私は食事を口に運びながらマリーと会話する。

フラヴィは公爵家の侍女。オフィーリアが公爵家から連れていきたいとでも言ったのかしら？

フラヴィが彼女の侍女であれば、お父様に王宮の情報が筒抜けになっているのは間違いないわ。

オフィーリアの我儘を聞き、情報を抜かれるどこまでも間抜けなサルタン殿下。

「案外そうかもしれないわね。結婚式の前に話した時のこと、今思い出しても驚きしかないわ」

「お嬢様をお義姉様と言っていましたね」

「えぇ、どう勘違いしたのかわからないけれど、お父様は笑っていたわ。後で何かするつもりなのかしら？」

「どうでしょうか、ただ単にその様子を見て馬鹿にしているのかもしれませんよ?」

「……そうね。それもありそう」

「お嬢様、その書類は明日オフィーリア様に投げてしまえば良いのではありませんか?」

私がパンをつまみながら目を通している書類を見て、マリーは話す。

「そうねぇ。それでもいいのだけれど、適当な処理をされてはほかの方達の迷惑でしかないわ。私がする方がいいと思うの。私が執務に関わるのはあと二日。せめてここにいる間は、皆のためにやっておきたいの」

まぁ、殿下は当分はオフィーリアと共に食事は摂れないわね。

そう考えるだけで少し胸がすくような感覚を覚えた。

そうしてオフィーリアへ執務を引き継ぐ三日間はあっさりと過ぎ去った。

「オフィーリア様、では私はこれで部屋に戻りますわ」

「エリアナ様、今までご苦労様でした。後のことは全て私がやりますわ。これからは後宮でゆっくりとなさってください」

オフィーリアは笑顔でそう口にした。表面だけを受け取るなら良い言葉のように聞こえるわね。けれど、嫌味満載でしかない。後宮へ下がれば、それこそ生涯そこから出られないわ。それにアリンナもいるもの。牢獄にいるようなものよ。

オフィーリアの言葉はサルタン殿下に愛されているという自信からきているのかしら。

「あら、嬉しいわ。では私は今まで頑張ってきた分、ゆっくりと過ごしますわ」

そうして表面上は穏やかに仕事の引き継ぎを終えて私は部屋へと戻った。


翌日からは特にすることもないので、自分の部屋で毎日サナ達とお茶をしている。

「サナ、やることがないわ」

ずっと早朝から深夜まで忙しく執務をしていたせいか、心にぽっかりと穴が空いたような気分。

今まで頑張りすぎていたのだとマリー達は言っている。

「お嬢様、そんなに暇なら王宮を出た後、何をするか考えたらどうかな？　王宮図書館にでも行ってみる？」

「それは良い案ね」

私は早速王宮図書館に向かった。久々に足を運んだわ。

ここは王宮に働く者や許可のある貴族しか使えない、限られた者のための図書館。国内一の蔵書を誇る。そして使う者も少ないため、誰を気にすることもなく本を探して読む。

離縁後はきっと静養を理由に、領地で一人で暮らすはずだわ。その後、女公爵になったとしても王家からの出戻り女と結婚する人なんていない。

公爵家の跡取りは将来分家から取るでしょうし……私はそれまでの間、お父様の領地経営の手伝いをしようかしら。

なんて考えつつ本を手にする。

「おや、王宮図書館に凛《りん》と咲く一輪の花。貴女《あなた》のお名前をお聞きしても？」

そう声を掛けてきたのはキチンと制服を着こなした一人の男性。

「貴方《あなた》は？」

「これは失礼。私、ルイ・グレイストンといいます」

「あら、貴方《あなた》がグレイストン宰相補佐官ですのね。私、エリアナと申しますわ」

「お飾り妃でしたか。ここで何を？」

「ふふっ。側妃様がお仕事を代わってくれたのでお飾り妃は暇を持て余し、本を読み漁《あさ》っているだけですわ。貴方《あなた》はどうしてここに？」

「私は仕事の資料を探しに図書館に寄ったところ、暗く鬱蒼《うっそう》とした本の森の中に一輪の美しい花を見つけた次第です」

「ありがとう。褒めてくれて嬉しいわ。でも、もう行くわね」

「美しい人、また会えることを楽しみにしております」

そう言うと彼は私の手を取りキスを一つ落とし、颯爽と立ち去った。

私も本を借りて自室に戻る。

「お嬢様、彼があのグレイストン宰相補佐官だったんだね。格好よかったねー。一輪の美しい花だって！　お嬢様が未婚だったらグイグイ押し込んでたよ」

「サナったら。彼に迷惑よ。でも久々に美しいって褒められて嬉しかったわ」

素直に口にする。

今までもこれからも恋愛などとは縁のない私にとって、彼は眩《まぶ》しい存在だわ。


「エリアナ様！　お助けくださいっ」

宰相が私の部屋へとやってきた第一声がそれだった。

「宰相様、どうかなされましたか？」

私が部屋に引きこもるようになってまだ一週間も経っていないのに。

泣きついてきた理由はわかっているけれど、あえて部下が聞くような言葉で聞いてみる。

「サルタン殿下は執務を再開してくださったのは良いのですが、以前に比べ処理するのに時間が掛かり、書類が溜まっていく一方なのです。夜遅くまで書類に掛かり切りとなり不機嫌となって部下に当たり散らされています。オフィーリア様はなんとか執務はしておられるのですが、まだ妃教育もあって半日しか執務をなさっておりません」

宰相は今にも泣き出しそうな顔をしている。

そうなるだろうと思っていたけれど、思っていたよりもずいぶん早かった。

ずっと私は自分の執務とサルタン殿下の執務をやってきていたわ。泣き言も言わずに。

「そう、大変ね」

私は他人事《ひとごと》のように素っ気なく宰相に言った。

「……どうか、私達をお助けください」

宰相は都合よく使おうとしているのがわかるわ。気持ちはわからなくはないし、元々の王太子妃の仕事もあるのだけれど……

「私がまた肩代わりするのですか？　サルタン殿下の執務を？　オフィーリア様には妃教育が終わり次第執務室に戻り、執務をするように進言すれば良いのではないかしら？」

「そ、それが……。文官達の終業時間と共に自分の執務もおしまいだとかで、書類に手を付けてもらえないのです」

「正妃の仕事を全てすると言った以上、オフィーリア様が責任を持つのは筋ではないのかしら？」

私は呆れてしまった。王太子妃の仕事は着飾るだけだと思っていたのかしら。印を押すだけの簡単な仕事だと思っていた？

オフィーリアはともかく、サルタン殿下はアリンナと結婚するまではずっと執務を行っていたし、大変なのは知っているはず……

「それはそうなのですが、二人とも機嫌を悪くするばかりで執務をしないのです。周囲もそろそろ気づき始めており、特に執務室で働く文官達も日に日に苛立ちを募らせている様子です」

「……けれどねぇ。陛下にサルタン殿下自ら進言して決定したのでしょう？　意気揚々と正妃の仕事を取り上げておいてやっぱりできませんでした、というのはちょっと……」

宰相は土下座をせんばかりに深く頭を下げている。

「どうか、どうか力をお貸しください」

「そうねぇ。では宰相から陛下にもう一度頼んでくださるかしら？　陛下の許可が下りればサルタン殿下とオフィーリア様が取り組まなかった当日分の執務を行うわ。ただし、執務を行える部屋を一つ用意すること、二人には私が尻ぬぐいをしていることを教えないこと、私だけでは執務は回らないから補助する文官を回してちょうだい」

「!!　ありがとうございますっ。本当に助かります。すぐに陛下に許可を貰いにいきます。もちろんエリアナ様の仰ることは当然でございます。でも、良いのですか？　本人達に恩を売ることもできますが……」

「ふふっ、おかしなことを言うのね。宰相、あの二人に恩を売ったところで見返りがあると思う？

それなら二人で恥をかいてもらう方が幾分私の気持ちは落ちつく気がするの」

「そうですな」

宰相も私の言葉に納得している。宰相も思うところはあるのだろう。

私の協力するという言質《げんち》を取った宰相は急いで陛下の元へ行ったようだ。

陛下から許可をもぎ取って準備が整ったのは翌日の昼過ぎだった。

こんなにも早くに準備ができると思っていなかったので私も驚いたわ。それだけ宰相は切羽詰まっていたのでしょうね。

新たに作られた私の執務室は私の部屋から近く、中庭を望める部屋だった。広さは以前の執務室よりもかなり狭く、客室と同じくらい。私のほかに護衛騎士二人、侍女二人、文官二人が入ればいっぱいだ。こぢんまりとして私的《わたくしてき》には仕事がやりやすい。宰相はこの眺めの良い部屋をわざわざ空けてくれたようだ。

「サナ、この部屋は執務がしやすそうね」

「そうだね。ここは数人集まって打ち合わせを行うための部屋だしね」

宰相の話では午前中オフィーリアは執務をこなし、午後に妃教育を行っているので午後からの残った仕事をすれば良いのだとか。午前中は基本的に自由に過ごしていいらしいのだけど、前日にサルタン殿下が残してしまった書類を片づけてほしいとのこと。

……午前中も仕事するのね。

ちなみにこれまでは護衛騎士はずっとローテーションを組んでいて、公爵家出身のラナンとカインを中心としていたわ。でも今回執務室に入る護衛は全てを公爵家出身者にすることはできず、侍女と護衛のどちらかが王宮の者になるようだ。

以前は十数人の文官達と一緒に働いていたため、護衛騎士や侍女が誰であろうと特に問題はなかったけれど。今回は仕方がないといえば仕方がないか。

「私の部屋に来る文官は誰になるのかしら？」

「あれ？　私は決まった文官が来るとは聞いていないよ？　お嬢様の執務室で働いていた文官の誰

かが来ると言っていたけどね」

「一緒に働いていた文官なら仕事がしやすいわね」

「そうだね。以前よりは仕事が減るからのんびりと仕事ができそうでよかったよ」

「そうね。自分のペースでゆっくり仕事ができるならそれだけで幸せね」

そうして新たな執務室に入ると今日の担当文官が書類を持って待っていた。

「今日のエリアナ様の執務室を担当させていただきますショルツ・ブランとジョナサン・ウォーカーです。よろしくお願いします」

「あら、ここでの執務初日は貴方《あなた》なのね。よろしくね」

そうして私は執務を行う。やはりずっと一緒に仕事をしてきた仲間だと仕事がやりやすいわ。以前より仕事が減って楽にはなったけれど、オフィーリア自身が仕事をする時間はあまり増えていないらしい。困ったものね。

たまに終業時間を越えても仕事をしなければいけない日がある。文官達が帰ってしまうと書類を届ける者がいないため、護衛騎士が各部門の部屋へと置きにいくことになる。その頻度が最近増えてきて、連日護衛が駆り出されていたので宰相にそれを相談した。

結果、グレイストン宰相補佐官が夜遅くまで執務をしているので、ついでに私の部屋へと寄ってくれるようになった。

どうやら執務をしろと口うるさく言われなくなって、サルタン殿下もオフィーリアも仕事をサボるようになったのだとか。

「エリアナ様、書類を回収しにきました」

「グレイストン宰相補佐官、いつも夜遅くまでご苦労様」

「エリアナ様こそ、毎日こんな遅くまで仕事をしてはいけません。倒れてしまいますよ」

「ふふっ。私は大丈夫よ。グレイストン宰相補佐官も無理はしないでくださいね」

「もちろんですよ、エリアナ様」

毎日、ほんの少しだけ彼と会話をする。ただ相手を気遣うだけの言葉で中身はない。

けれど、毎日のこの会話がほんの少しだけ、私の疲れた心を癒やしてくれる気がするの。

じんわりと心が温かくなる。

……また明日も頑張ろう。


そうしてついにこの日がやってきた。

「正妃エリアナ様、ついにアリンナ様にお子様が生まれました。男の子です！」

執務の合間の休憩でお茶を飲んでいる最中に従者が伝えてくれた。

「……そう、ついに生まれたのね」

ついにこの時が来たのね。私は気を引き締め直す。

サルタン殿下はオフィーリアに相変わらず夢中なようで、王宮内で仲睦まじくしている姿は噂となっている。

もう私には関係のないことだけれど。

「マリー、マートン医師に伝えてちょうだい」

「わかりました」

アリンナが王子を産み、国を挙げてお祝いをすることになった。

アリンナは鼻高々だったけれど、隠されていた第二側妃オフィーリアの存在を知ったらしい。

必死になって王子を産んだにもかかわらず、サルタン殿下は執務が忙しいと顔を見せなかったのだ。

アリンナ付き侍女のファナからの報告では王子を産んだ後、しばらく経ってからオフィーリアの存在を陛下から教えられたのだとか。

アリンナはサルタン殿下が自分に会いに来ないことで予感はしていたらしい。そして陛下から後ろ盾を得るために仕方がなかったのだと説明されたようだ。彼女の中で覚悟はできていたのかもしれない。だが、オフィーリアに対して罵詈雑言を吐いていたそうだ。

私はというと、日に日に食事を摂る量が減り、マートン医師からは注意を受けている最中だ。マリー達にも心配を掛けてしまっている。

けれど、不安に苛《さいな》まれ、思うように食べることもままならない。

計画は上手くいくのか、なぜ私は彼と側妃達の仲睦まじい様子を見せ続けられているのか、貴族達からの中傷や王宮内の噂……

執務で気を紛らわせ、心に蓋をしているけれど、降り積もる不安や焦燥感、身体が強張り、苦しみが滲《にじ》みだし動けなくなる。

そんなある日の朝、朝食を摂っている時にマリーが心配そうに声を掛けてきた。

「お嬢様、今日はお休みしましょう？　こんなに熱が高いと文官達にもうつってしまいます」

確かに今日は朝から気だるくて食欲もない。

いち早く私の体調に気づいたマリーには感謝しかないわ。

「……そうね。移してはいけないわね。マートン先生を呼んでちょうだい」

「畏《かしこ》まりました」

マリーはマートン医師を呼んできた。

「マートン先生、少し熱があるみたい」

先生は触診した後、ふむふむと何か頷いている。

「エリアナ様、過労からくる熱のようです。仕事のことで精神的に参っているのでしょう。普段なら問題はないですが、痩せすぎて体力も落ちている状況で無理をするのは危険です。しばらく休んでください。まず体力を回復させることを第一に考えましょう」

マートン先生にそう言われてしまえば仕方がない。マリーに頼み、マートン先生の許可が下りるまでしばらく執務を休むと宰相に伝えてもらった。

その間の執務はというと、宰相が陛下に二人とも執務を怠けて遊びまわっていると報告したようで私が手伝えない分、サルタン殿下とオフィーリアがしっかりと執務に取り組まされているらしい。

このまま二人とも執務をこなせるようになれば良いわね。

そうしてベッドに入り休んでいると、カインが一輪の白い薔薇を持って部屋に入ってきた。

「カイン、その花どうしたのー？」

サナが面白そうに聞く。

「あぁ、これはグレイストン宰相補佐官がエリアナお嬢様に持ってきたんだ。お嬢様に会うか聞いたんだが、どうやら病気だと知らなかったらしい。たまたま執務室に寄ったらお嬢様がいなくてここまで来たと。俺が今お嬢様は熱のため静養していると伝えたら持っていたこの花だけを渡して『辛い時に邪魔して病気を悪化させてはいけませんね。また来ます』って帰っていったぞ」

「そっかぁ。お嬢様、この花、活けておくねー」

サナは鼻歌を歌いながら花瓶に花を入れていたわ。

元気になったらグレイストン宰相補佐官にお礼をしなければいけないわね。

そう思いながら眠りについた。

熱が下がり、静養に一週間を要した後、また私は執務に復帰。

後は計画をいつ実行しようかと悩みながら……

王子誕生から三か月経ち、ようやく国民や貴族達へ王子をお披露目することになった。

陛下に雷を落とされて以降、サルタン殿下とオフィーリアは真面目に公務を行うようになったみたい。妃教育も王妃様が更に厳しく行っているのだとか。

おかげで私はまた以前のように夕方から夜遅くにかけてオフィーリア達が残した執務を処理するような生活になっている。

この三か月間は完全に裏方に回っている状態。人からすれば正妃は側妃に仕事を丸投げして自分は隠居していると思われているようだ。

そういえばサルタン殿下とずいぶん会っていない。確かオフィーリアが執務をすると案内した時に会ったのが最後だった気がするわ。

私の体調は、現状維持といったところかしら。やはり休みなく働いていることや、食欲がないことも手伝って体力は落ちる一方なの。

そんな私のために料理長が特別メニューを作ってくれているためそれでぎりぎり保っている状態。

王子のお披露目は正妃としての久々の公務。朝からマリー達に頭の上から足の先まで磨き上げられる。

「お嬢様、おいたわしや。また痩せ細ってしまわれて。お披露目会が終われば公爵家でゆっくり養生いたしましょう。止められても私が無理やりにでも連れていきますわ」

「大丈夫よ、マリー。今日の公務、しっかりとやり切るわ」

私はふらつく身体に鞭を打ちカインにそっと支えられて、広場を見渡せるバルコニーへと向かう。

今日は生まれた王子を祝うため、国民は王宮広場に集まって今か今かと待ち侘びているわ。


「エリアナ、遅かったな」

「遅れましたか？」

「いや、時間ぴったりだ。いつもなら君は時間より早く準備しているだろう？」

「今回は私が主役ではありませんので」

「そ、そうだな。エリアナ、オフィーリアが執務を始めてから君と会えなくなって寂しかったよ」

サルタン殿下は会いたかったと言わんばかりに手を広げている。

「オフィーリア様と仲睦まじく過ごされていると耳にしましたわ。私のことなど忘れていても仕方ありません」

私は微笑みながら扇子で口元を隠し、その横を通り過ぎる。どうやら控え室にいたのはサルタン殿下と私だけだったようだ。オフィーリアは準備にまだ時間が掛かっているのだろう。私は用意されたソファへ腰を掛け、マリーにお茶を淹れてもらって皆が来るのを待つ。

躱《かわ》されたサルタン殿下は気にした様子もなく私の隣に腰掛けた。

「誰がそんなことを言っていたんだ？　私はエリアナをとても大切に思っている。君とこうして会うのも嬉しくてしかたがないよ。君をこのまま連れ去ってしまいたいと思うほどに」

「ふふっ。オフィーリア様がやきもちを焼いてしまいますね」

「大丈夫さ。彼女はそんなに心は狭くない。優しいからね」

私はマリーの淹れるお茶の香りを楽しむ。何も気にしていないかのように。

けれど、彼はそんな私の気持ちをよそにそっと手を取ろうとする。

「エリアナ、き」

「サルタン殿下、お待たせしましたわ！」

部屋に飛び込んで来たのはオフィーリア様。

サルタン殿下は慌てて立ち上がり、オフィーリア様の腰を抱く。

「待っていたよ。今日も綺麗だ」

「嬉しいです。お披露目会の後、貴族達に紹介があるのでしょう？　私、嬉しくて仕方がありませんわ」

「どうしてだい？」

「だって、私が殿下の最愛だと皆にお披露目してくれるのでしょう？　嬉しくって嬉しくって」

「そうだ、君と結婚してから貴族へお披露目をしていなかった。いい機会だ」

二人とも私を空気か何かだと思っているのかしら。

チラリと様子を見ていると、私と視線が合ったフラヴィは小さく頷いた。

マリーも二人の様子を見て見ぬふりするようだ。

二人が仲睦まじくおしゃべりをしていると、陛下と王妃様、ラファル様が部屋にやってきた。その後すぐにアリンナも乳母と共に控え室へやってきた。

私達は陛下と王妃様に挨拶をする。

「エリアナ、いつもご苦労様。また痩せて。無理しすぎよ。少しは休みなさい」

「王妃様、ありがとうございます」

私はそう言葉を交わした。

「貴女《あなた》がオフィーリアねっ。サルタン、どういうことかしら？　なぜ子供を見にきてくれないの？」

「アリンナ、すまない。執務が忙しくて時間が取れなかったんだ」

アリンナがサルタン殿下に詰め寄っている。

オフィーリアはアリンナを見て『キャッ』と言葉を零《こぼ》し、サルタン殿下の後ろへ隠れるように下がった。サルタン殿下もオフィーリアを庇《かば》うようにしている。

彼女はわざと煽《あお》っているのね。

ひどい女。

私は溜息が出そうになるのをグッと堪える。

この部屋の雰囲気は最悪と言っていいほどだ。

陛下も王妃様も呆れているのか冷たい視線を送るだけ。

この場で諫《いさ》めようとしてもオフィーリアとアリンナの関係に火を注ぐだけだと思っているようだ。

私もこの場は静観する。まさか、この対応が間違っていたとは思ってもみなかったが。

「お時間となりました！　皆様バルコニーへご移動願います」

天からの助けとはこのことかしら。

呼びにきた従者の声で私達は立ち上がり、バルコニーへと向かった。

バルコニーへ足を踏み入れると、王宮広場は今日を待ち侘びた人で溢れかえっている。

陛下と王妃様が手を振ると地鳴りのような歓声が上がる。

先ほどの雰囲気の悪さを隠すように皆、笑顔を浮かべている。

殿下の横にはアリンナに抱えられたシアン王子。

私はラファル様と手を繋ぎ、オフィーリア様は後ろで手を振る。

そうして短い時間ながらも国民へのお披露目を終え、今度は貴族達の待つ会場へと入る。

本来なら壇上に陛下と孫を抱いた王妃様が真ん中に立ち、サルタン殿下とラファル王子、正妃の私が並び、第一側妃、第二側妃の順で並ぶのが正しい形となる。

だが、王妃様と手を繋いだラファル王子、その隣にはサルタン殿下、彼はオフィーリアの腰を抱いて並んだ。

オフィーリアの隣に私、アリンナが並ぶ形となっており、あからさまに貴族達は困惑しているわ。

まさか、本当にオフィーリアを隣にするなんて信じられない。

一度並んでしまっては順番を変えられない。

信じられないわ。先ほどの控え室の件が思い出される。

本来主役であるアリンナ。今日の目的はシアン王子のお披露目である。

なぜそんなこともわからないの？

サルタン殿下の行動にアリンナはイライラしている。気の短い彼女がオフィーリアの煽《あお》りに負けてここで癇癪《かんしゃく》を起こすのはマズい。

あの時にきっちりと諫《いさ》めて釘を刺しておけばよかったわ。

宰相の司会進行で滞りなく式は進んでいく。

陛下の挨拶が終わり、アリンナは乳母からシアン王子を受け取り、抱きかかえた。陛下の言葉でアリンナは一礼をし、シアン王子を見せた。

アリンナは笑顔でお披露目をした後、元の位置に戻り、乳母にシアン王子を預ける。

なんとか持ちこたえた。皆がホッとした瞬間だった。

アリンナがオフィーリアの前に移動し、手を上げた。

私は『駄目』と口に出すより早く身体が反応し、オフィーリアの前に身体を滑らせた。

それと同時にオフィーリアの代わりに勢いよくアリンナに頬を打たれる。

普段の私ならそれで済むが、体力が落ち、咄嗟《とっさ》に身体を滑らせたせいでバランスを崩した。そのまま壇上から落ちた衝撃で気を失ってしまったようだ。

宰相補佐官ルイ・グレイストンの恋情

きっかけはサルタン王太子殿下のサインだった。

「宰相！　大変ですよ。この書類をよく見てください。まったく、こんな出鱈目な書類にサインをするなんて何を考えているんだ」

宰相は手渡された書類を見て驚いている。それもそうだろう。不正を許可しているような書類だ。

宰相は慌てて部屋を出ていった。時間がない。

私は正確な数字を計算し始める。時間との勝負だ。

宰相からはサルタン殿下が捕まらず、エリアナ王子妃殿下に権限を発動していただいて、差し止めたと聞いてホッと息を吐いた。

私は書類を纏《まと》め上げ、数日の間になんとか領地へ向かい不正を行った者を捕らえた。もう一度息を吐いた時、宰相からエリアナ妃より褒美があると言われたが、それを辞退した。

答えは簡単、謁見の時間がもったいない。そして面倒だからだ。

公爵子息という肩書のためか、昔から令嬢達に追いかけ回されていた。つまり私は女嫌いなのだ。

もちろん宰相はそれを知っていてエリアナ妃に進言したようだ。

後日、宰相から金細工でできたしおりと万年筆と手紙を受け取った。

手紙には誠実さや優しさが伝わってくるような字が。そしてよく見るとしおりの金細工は貴族の誰もが一度は読んでいたであろう冒険譚の挿絵だと気づいた。ロット番号も振られている。宰相に話をすると、私への褒美をお飾り妃じきじきに選んだのだと言っていた。自身の執務のほかにサルタン殿下の執務を肩代わりもして多忙なはずだが、まめな人だ。

私、ルイ・グレイトンの毎日は忙しい。各部門からの書類や視察の話、貴族同士の揉めごとや領地の問題など、さまざまな問題が宰相室へと持ちこまれる。

宰相補佐の私は主に書類関係を纏《まと》めているのだが、問題が発生した場合は宰相の代わりに領地へと視察に赴く場合もある。

そんなある日。

「ガシュワンナ領の交易品の質が下がっていると報告があった。ルイよ、真偽のほどを確かめるべく、しっかりと見てきてくれ」

宰相の一言で視察が決まり、馬車で五日ほどかけてガシュワンナ領へと向かう。

領地を治めている子爵は額に汗をかきながら工場を案内する。質が下がった理由は人気が出て品薄になった商品を補填するため、別の領地から安く買い取った材料を使っていたからだと判明する。子爵と話し合い、報告書に纏《まと》めた。ガシュワンナ領は海に面しているため海産物も新鮮だと言う。

私は王都に帰る前に視察もかねて少しだけ街に出掛けた。

賑やかな街は王都とはまたひと味もふた味も違い、部屋で仕事ばかりしている私には新鮮に映る。

そうして街を歩いていると、一件の露店が目に入った。海産物や農産物、骨董品まで雑に置かれている。無造作に置かれていた古書をふと手に取って開くと昔、よく見ていた冒険譚だった。

この本の一番最後を確めるとどうやら初版本のようだ。

最近貰ったしおりで懐かしさを覚えた私は、その本を店主の言い値で買い取った。

店主は売れるとは思っていなかったのか驚いた様子だった。

私のために褒美を自ら考えてくれたお飾り妃。これは喜ぶだろうと視察から帰った後、侍女に渡して私はまた仕事へと戻った。

後日侍女から聞いた話ではお飾り妃はとても喜んでいて仕事の合間を見てはその本を眺めていたらしい。

お飾り妃にも可愛いところがあるんだな。

そして……運命が私を呼んだに違いない。

私は王宮図書館で女神に会い、心を奪われた。

彼女こそが王宮内でもお飾り妃として有名なエリアナ妃だった。

といっても王家の待遇と彼女の働きは文官達の話題によく上っているし、何度か手紙のやり取りをしたのでどんな人物かはよく知っているつもりだ。

彼女は公務でも何度かお会いしたが、近くで会うとこれほど美しい存在だったのかと思い知らされる。

彼女をお飾り妃にする王家や殿下はやはり見る目がなさすぎる。

もっと彼女に近づきたい。

彼女に会いたいという思いは募っていくばかり。

どうしたら会えるのか、会える方法を探していた。


ある時我慢できず、宰相の妃殿下執務室に書類を届ける用事をかって出た。

執務室に上機嫌で向かったが、そこにいたのは第二側妃のオフィーリア妃だった。

私はとてつもなくがっかりした。

オフィーリア妃は確かにお綺麗なのだが、何というか胡散臭い。あれほど王宮内で殿下と仲睦まじく人に見せつけているのに、私の手を取ろうとしてくる。

「素敵な宰相補佐官様、一緒にお茶をしませんか？」

「オフィーリア様、ありがとうございます。殿下の寵愛を受ける貴女《あなた》様とお茶だなんておこがましい限りです（殿下といちゃついて更に私と遊びたいなんて気が知れないな。嫌に決まっているだろう）。それに執務も残念ながら立て込んでいますので遠慮しておきますね」

にこやかに断りを入れると側妃は私の空いている日を聞いてきた。

嫌味もわからないのか。

最近、文官達は前にもまして忙しそうにしているのはこのせいだな。

「では、失礼します」

早々に妃殿下の執務室から立ち去る。

「ルイ、妃殿下の様子はどうだった？」

宰相が楽しそうに聞いてきた。

「エリアナ妃に会えると思っていたのですが……。オフィーリア妃は最低限の仕事しかできなさそうですね。書類を届けにいってお茶に誘われました。私の休みの日も聞かれましたし。アレはないですね」

「ははっ。ルイは正直だな。エリアナ様は妃の中でも群を抜いて素晴らしく優秀だ。そしていつも、文官の誰よりも早く執務室で仕事を始め、深夜も一人残って仕事をしていたしな。オフィーリア妃が公務に入ってからエリアナ妃の居場所はなくなり、今では部屋からほとんど出ていないそうだ。可哀想なもんだ」

宰相から事実を知らされ、肩を落とす。

私は正妃に気軽に会える立場ではない。けれど会いたい想いは募るばかり。

「だが、落ち込むルイに良い話があるぞ？」

宰相はそんな私の様子を知ってか、ニマニマしながら髭を撫でている。

「……なんでしょう？」

「ルイはいつも夜遅くまで仕事をしているな？」

「えぇ、仕事が趣味と言われるくらいには」

「実は、だ。サルタン殿下もオフィーリア妃も仕事を満足にしておらん。二人の残した執務をエリアナ妃が片づけている。新たな執務室にいる文官達は残念ながら終業時間で帰るために、書類はエリアナ妃の護衛が執務室へ届けているらしい」

「それはいけないですねっ。警備が手薄になってしまう。では、私が新しいエリアナ妃の執務室へ行って書類を回収してきますよ」

宰相はククックと笑いながらも私を送り出した。

それからは毎日、彼女の執務の終わる頃を見計らい、エリアナ妃の執務室へ向かう。

「グレイストン宰相補佐官、いつも夜遅くまでご苦労様」

微笑みながら言ってくれる彼女は本当に美しい。

自分の努力をひけらかすこともなく、他人を気遣える人。

なんて素晴らしいんだ！


そうして何日も過ぎた頃、宰相がニマニマと話し掛けてきた。

「ルイ、大変なことになった。エリアナ妃が病で数日執務を休まれる。私は急いで陛下に報告してくるつもりだ」

「!!　では私は中庭の白い薔薇を一輪摘んできます」

宰相の言葉に空気を読んだ私は中庭へ向かい、庭師に薔薇を一輪採ってもらう。

エリアナ妃は淡く可憐な白い花も似合うが、薔薇のような芯の強さも秘めている。
彼女にはこの白い薔薇がよく似合う。
私はそうして彼女の部屋の前までやってきた。
自ら女性の部屋へ赴くなんて数か月前まで考えられなかったな。
だが、相手は王太子妃。
お飾り妃だとしても私が軽々しく面会を求めるのはまずいのではないだろうか。
迷惑にならないだろうか。
考えた末下手な言い訳をしながら、護衛に薔薇を渡して立ち去ることにした。
数日の我慢だ。
彼女が執務に復帰するまでの間、毎日侍女から彼女の様子を聞いた。
押しかけると彼女に気を遣わせてしまう。
もどかしい。
数日後、ようやく彼女は執務に復帰できたようだ。
毎日エリアナ妃に会いたいが、無理はさせたくない。
私ができることはエリアナ妃を気遣う言葉を伝えるだけだ。
ひたすらもどかしい。
そうしているうちにアリンナ妃が産んだ王子のお披露目を行うことが決まった。

私はお披露目会をまだかまだかと待ち侘び、心浮かれながら仕事に取り組んだ。

お披露目会当日、王族達の控え室で何かがあったのだろう。彼らの雰囲気は最悪だった。

だが腐っても王族。バルコニーへ出ると皆笑顔で手を振り、盛況のうちに平民へのお披露目を終えた。

次は貴族達へのお披露目。

私は宰相と壇下で壇上にいる陛下達を見上げる位置にいた。

エリアナ妃に視線を向けると、かなり痩せたのか、やつれているようにも見える。彼女の心労は多大だろう。

けれど、彼女はやはり美しい。その美しさは翳《かげ》ることを知らない。

おや、よく見るとサルタン殿下はあの馬鹿側妃を隣に置いているではないか。これには宰相も苦虫を噛み潰したような顔をしているな。

正妃エリアナを蔑《ないがし》ろにするなら離縁すべきだ。私が貰い受ける。

そう考えていると、アリンナ妃がオフィーリア妃を叩こうとしている。

何ということだ!!

正妃エリアナがオフィーリア妃を庇《かば》った。叩かれた勢いでそのまま私達のいる壇下へ落ち、身体を打ち付けた。

私は急いで彼女を助けに走る。

何ということだ……

殿下はオフィーリア妃を抱いて庇《かば》っている。

オフィーリア妃も殿下に抱きついてエリアナ妃を見下ろし助ける様子もない。

むしろ口角が上がってさえいるではないか。

悪魔のような女だ。虫唾《むしず》が走る。

壇上から落ちた彼女は起き上がる様子がなかった。

サラテ公爵は私と同様に駆け寄り、何度も名前を呼ぶ。

私はさっと抱え上げ、彼女の護衛に渡す。

あぁ、彼女はなぜこんなにもか弱く痩せ細っているのか。

「ルイ、後は頼んだ。私は陛下達を連れていく」

「承知いたしました。後は私が指揮を執ります」

宰相は私にこの場を任せ、陛下と王妃殿下を連れてその場から離れた。

「そこの護衛、アリンナ妃と乳母を貴賓室へ」

私はアリンナ妃を貴賓室へお連れするように騎士に指示をする。

「はっ！」

残されたサルタン殿下とオフィーリア妃の方へ向かい、声を掛ける。

「殿下、オフィーリア側妃様。ひとまず控え室にお下がりください。会場の護衛達に指示を出した後、向かいます」

「……わかった」

サルタン殿下とオフィーリア妃は控え室でお待ちいただくよう従者達に指示を出した。

会場の袂《たもと》にいた従者達は頷き、殿下達を連れて会場を去っていった。

「お集りの皆様、お騒がせして申し訳ありません。以上をもってお披露目を終了いたします。本日は遠方からお越しいただき、ありがとうございます」

私は残った貴族達にお披露目会の終了を説明し、帰るように促す。

集まった貴族達のざわめきはなかなかおさまらなかった。

醜聞を密かに喜ぶ者、正妃殿下を心配する者、サルタン殿下の態度に困惑を示す者。

三者三様だったが、なんとか貴族達を会場から全員見送った。

部下達に采配を振ってから私はサルタン殿下のいる控え室に向かう。

控え室に入ると、侍女が淹れたお茶を仲睦まじく飲むサルタン殿下とオフィーリア側妃の姿が視界に飛び込んできた。

「サルタン殿下！　どういうつもりですか。あれはないでしょう？　今日はアリンナ妃が産んだお子を祝う日なのです。なぜオフィーリア妃をエスコートしたのですか。また慣例を無視するとは良い度胸ですね。今回アリンナ妃をエスコートするならまだしも、皆の前で正妃であるエリアナ妃を守れない、第一側妃であるアリンナ妃を無下にした罪は重い。ルールも守れないようならサルタン殿下を支える貴族達は離れていきましょう。きっと今回のことでサラテ公爵は手を引くに違いない。我が家も第二王子へと支持に回るかもしれませんね。それほど正妃を蔑《ないがし》ろにした罪は重いのですよ」

私が捲《まく》し立てるように殿下にそう言うと、慌てたように殿下は弁解する。

「グレイストン宰相補佐官、べ、別にエリアナを蔑《ないがし》ろにしたわけでは……」

「ではなぜ今回関係のないオフィーリア妃を抱いていたのか説明してください」

「……貴族達にオフィーリアは寵姫だと示しておきたかったんだ」

「そうして正妃様を追い詰めていたのですね。よくわかりました」

「ルイ様、サルタンは悪くありません。わ、私がサルタンに甘えてしまったから」

悲しそうな顔をしながらサルタン殿下を庇《かば》うように私の前に出たオフィーリア妃。

その仕草に苛立ちを覚える。

「貴女《あなた》に名前呼びを許した覚えはないですよ、第二側妃殿下。貴女《あなた》は一番にエリアナ妃の盾となるべき人ですよね？　エリアナ妃を盾にできて嬉しかったですか？　サルタン殿下に抱かれて見下ろすのはさぞ愉快でしたでしょう」

「……ひ、ひどいっ」

オフィーリア妃はサルタン殿下に抱きつき泣くふりをしている。白けますね。

「どちらがひどいのか。では私は事後処理に向かいますので、殿下達は部屋にお帰りください」

私は部屋の隅に待機していたサルタン殿下の従者のアーロを呼びつける。

彼はことの重大さをよく理解しているようだ。険しい顔をしながら前に出る。

「アーロ、殿下をお連れしろ。アリンナ妃の処分が決定するまで、殿下達にも謹慎の命が出るだろう。決して外に出すな」

アーロもわかっていると言わんばかりに頷き、殿下達を部屋に連れていった。


あれからエリアナ妃はまだ目覚めない。

マートン医師は過度のストレスと栄養失調だと言っていた。

目覚めて彼女が願うなら私の妻に迎えよう。たとえ実家の公爵の力を使ってでも。

「父上、相談があります」

「ルイ、大変なことになったな。久々に帰ってきたと思ったら相談？　なんだ？　第一王子の支持はルイの願いでも受け入れんが？」

やはりあの場にいた父も跡継ぎである兄もしっかりと見ていた。

父はサルタン殿下への支持を取りやめ、幼い第二王子かお披露目されたばかりの王子に支持を変えると兄と話していたようだ。

「いえ、そうではありません。あの馬鹿が今すぐにでも王太子の座を降ろされるのを願うばかりではありますが。私の相談事は、結婚したい相手が見つかったという話です」

「なにっ⁉　本当か⁉　女以前に人間を毛嫌いしていたお前から、結婚の言葉が聞けるとは。相手は猫か？　犬か？　それとも人間か？　すぐに連れてこい」

父はなぜか感動に打ち震えている。

理解できない。

「わが父ながら相変わらずひどいお言葉ですね。もちろん人間の女性ですよ。ただ、少し問題があって、協力をしていただきたいのです」

「あ、相手は誰なんだ？」

父はゴクリと唾を呑む。

「彼女の名はエリアナ・ラジアント。現在サルタン殿下の正妃です」

父には反対されると思っていたのだが、父も兄もサラテ公爵家ならとあっさり快諾した。

彼女を迎え入れる根回しは必要だ。抜かりなく行おう。

サラテ公爵邸へ何度となく赴き、目覚めぬエリアナ様を見舞う。

「私の美しい人、目覚めてください。私は貴女《あなた》を待っています」

半月後、彼女の邸《やしき》から知らせが来た。

あぁ、我が姫。我が女神。

きっと貴女《あなた》を幸せにします、そう思い急いで公爵邸に向かった。

第五章

目を覚ますとそこは懐かしい私の部屋だった。

お母様から貰ったぬいぐるみ、お父様がくれたオルゴール。いつの間にか公爵家へと帰ってきたみたい。

ベッド横にあったベルを鳴らすと、マリー達が涙を浮かべながら部屋に駆け込んできた。

「お嬢様‼　お目覚めになったのですね！」

「マリー、私はいつ公爵家に帰ってきたのかしら」

「お嬢様は半月の間眠っていらっしゃったのです。旦那様の怒りは凄まじく、倒れてから三日後に半ば無理矢理ですが、公爵家へお嬢様を馬車に乗せて帰ってこられました」

「エリアナ‼」

部屋に駆け込んできたお父様とお母様。

「お父様！　お母様！」

ギュッと蓋をしていた気持ちが一気に溢れ出し、涙が止めどなく流れる。

何度も何度も抱きしめ合って確かめる。

「私、ようやく帰ってこられたのですね」

「あぁ。そうだとも。もう王宮には行かなくていい。もし何か言われようとも行かせはしない」

しばらく抱き合った後、マリーに食事を持ってきてもらう。マリーもサナも怒っているわ。しっかり食べてもらいます！って。家に帰って安堵したせいかお腹も鳴り、しっかりと食事を摂ることができたわ。具なしのスープだったけれど。

その後、マートン医師の診察で痩せている以外は問題なしと言われたわ。

「マートン先生、王宮でいろいろと手配してもらっていたのに無駄にしてごめんなさい」

「何を仰る。エリアナ様が無事に公爵家に戻られたのです。目的は果たされたのですから気にしてはいけません。あれは使わない方が皆のためだったのですよ」

「……そうね。私も家に帰ってきたのだし、早く元気になるわ」

「その意気です」

そしてマートン医師はまた来ますと帰っていった。

「マリー、いっぱい話して少し疲れたわ」

「二週間も眠っていた直後ですから疲れて当然です。少しお休みください」

私はそのまま目を閉じて眠ってしまったみたい。

目を覚ますと小鳥が囀《さえず》っていたわ。

「お嬢様、おはようございます。身体をお拭きしますね」

「マリー、お風呂に入りたいわ」

「まだ駄目ですよ。マートン医師から許可が出ていません」

「マリー、ケーキが食べたいわ」

「駄目です。まだ胃が元に戻っていませんよ」

私が我儘を言うのをマリーが微笑んで受け入れてくれる。

「マリー、ありがとう」

「お嬢様、早く元気になりましょうね」


しばらくして穏やかな表情をしたお父様が部屋に入ってきた。

「エリアナ、具合はどうだ？」

「お父様、お腹が空いたとマリーに我儘を言ってしまいましたわ」

「ははっ。そうかそうか、よかった」

「お父様、今、王宮はどうなっているのですか？」

「あぁ。その件なんだが、今朝エリアナが目覚めたと王宮に知らせを出した。だが、面会謝絶で人に会える状態ではないと伝えたよ、マートン医師の診断付きでな。エリアナ、サルタン殿下と離縁をする。それで良いかい？」

「ええ、お父様。今回も殿下はオフィーリア様を特別扱いし、アリンナ様を無下にしたから起こったのです。これ以上殿下の尻拭いはできませんわ」

「そうだな。しかも貴族達の前で堂々とやらかしてしまった。取り返しはつかないだろう。さぁ、少し休みなさい。私は王宮へ行き、手続きをしてくるよ」

「お父様、ありがとうございます」

そうして父は王宮へと向かった。

私はというと、サナにあの日の詳しい話を聞いていた。

「あれはすごかったよー。旦那様がバッとお嬢様の名前を呼びながら走ってきたんだ。ほとんど同時にグレイストン宰相補佐官も駆け寄ってきてサッとお嬢様を抱えてカインに渡したんだよ。その姿を見た時は王子様かと思ったよねー。旦那様はマートン先生を呼ぶように怒鳴りながらも指示していたよ。会場中が何が起こったかわからずに騒ぎ立てていたし、あの馬鹿殿下と腹黒女は抱き合ったまま突っ立っててお嬢様を助けようともしなかったんだよ。馬鹿女は怒って何か叫んでたけど、すぐに連れていかれたからその後どうなったかはわからない。本当にあれはひどかったんだから」

「そうだったのね」

サナは私付きの侍女なので会場の隅で見ていたらしい。

どうやらアリンナが癇癪《かんしゃく》を起こして私が倒れた後、会場は騒然としながらも殿下とオフィーリア様を含め、誰も私を助けようとしなかったらしい。

王族の誰もが私を助けなかったと父は怒り、ざわついた会場は流石《さすが》に静まり返ったのだとか。いくらお飾り妃とはいえ、殿下は公の場でルールを無視して第二側妃を抱いていた。

身を挺してまで側妃を庇《かば》い倒れた正妃。

倒れた正妃を助けない夫。

サルタン殿下の行動に貴族達は驚きの色を隠せなかったようだ。

貴族の中には愛人や妾がいる者も多い。

政治的な繋がりのみで妻とは上手くいっていなくとも、公の場では妻を優先するのが当たり前だ。それは貴族のルールでもある。

お披露目会は急遽終了し、集まった貴族達は『胸糞悪い』と愚痴を零《こぼ》しながら帰ったらしい。グレイストン宰相補佐官は私が去った後の会場の指示をしていたようだ。

暗部からの報告では、グレイストン宰相補佐官は控え室で留まっていた殿下やオフィーリアにかなりの苦言を呈していたようだ。

マリーは私が会場から連れ出されるところからの話をしてくれたわ。

会場でサナと控えていたカインは私を抱きかかえて父と共にそのまま王宮の自室へと戻り、ラナンがマートン医師を呼んですぐに診察を行ったみたい。

最初は軽い脳震盪《のうしんとう》と栄養失調もあるから目覚めたら無理をさせないようにと言われたけれど、私は目を覚まさなかった。

翌日に再度診察をして過度のストレスと栄養失調が重なったのではないかと言われ、マリーは目覚めない私に少しずつスープを摂らせてくれていたみたい。

いつまでも目覚めない私の容態を見て父は更に怒り狂い、私を連れてそのまま公爵家まで帰ってきたと。陛下も父に強く言えなかったらしい。


後日、マリーは王宮の私の部屋の荷物を取りにいった時、サルタン殿下がオフィーリアとイチャイチャしながら心配していると伝えてきたため、何度シメてやろうかと思ったかと言った。

話を聞き終えるとマリーは、『お嬢様、あの男は駄目です。近づいてはいけません』と既に殿下をあの男呼ばわりしていた。

サナが行っていたら確実にサルタン殿下とオフィーリアの命はなかっただろう。マリーが行ってよかったわ。

「マリー、グレイストン宰相補佐官に後でお礼の手紙を書くわ」

どうやら公爵家に帰ってから何度もお見舞いにきてくれていたみたい。

父も唯一、彼だけはお見舞いを許していたそうな。

それからの私は毎日栄養のある物を食べられるようになり、スープから少量の固形物が入り、柔らかい物から通常食へと料理長が腕を振るってくれている。

身体の方はずっと不摂生だったせいか、眠り続けて一気に体力も落ちて起き上がることさえ大変だったわ。少しずつ元の生活に戻るためにベッドから立ち上がる練習から始め、中庭へ出て読書をするため少しずつ身体を動かすようになったの。

身体を動かすのが痛くて、こんなに辛いなんて思ってもみなかったわ。

けれど、今までの精神的な辛さを考えると頑張ろうって思えるの。

公爵家に戻ってから、自分はこんなに愛されていたんだと改めて噛みしめている。


そうして私が療養する日々が続いているある日のこと。

アリンナ付きをしていたファナ、オフィーリア付きをしていたフラヴィが王宮から戻ってきた。

「ファナ、フラヴィ、お帰りなさい。大丈夫だったかしら？」

「お嬢様、ただいま戻りました。ようやくあの女から解放されてスッキリですよ。次に依頼があればサナに交代してもらわないとやってられないわ」

「本当にっ。あいつの見る目のなさは天下一品ですわっ。どう考えたらあんな女がいいと言えるのかしら？　次に依頼があったら絶対にサナと交代してもらうんだから」

二人とも相当心に抱えていたようで、次から次へと口から出てくる言葉に私はクスリと笑う。

「ふふっ。お疲れ様。アリンナ様とオフィーリア様は結局どうなったの？」

私が聞くと二人とも真面目な顔になり話し始めた。

「アリンナ様は貴族達の前で正妃に手を上げたことにより後宮から生涯出られなくなりました。専属の侍女もクビ。最低限を王宮侍女が交代で行うことになりました。これでも王子を産んだから、かなり優遇された措置になったみたいですけどね。二人目はどうなるのかなぁ。ということで私は専属をクビになったので戻ってまいりました」

「オフィーリア様はアリンナ様と違い、最低限の仕事はしていたし、暴言も何も吐いていませんでしたが、反対に何もしないことで旦那様の怒りを買って後ろ盾をなくしました。サルタン殿下は旦那様に何とか縋《すが》りついていましたが、旦那様の怒りは凄まじくその場にいた陛下も反対できないようでした。オフィーリア様に関しては子爵が平民になると仰っていたので、オフィーリア様も王国初の平民の側妃として後宮住まいになるようです」

「ファナ、フラヴィお疲れ様。大変だったでしょう。ゆっくり休んでね」

私は二人を下がらせた。

オフィーリアが後宮へ移動したなら、そう決まったのね。

もうひと波乱ありそうな気がするわ。

関係者でなくなった私はのんびりとお茶を飲みながら、明日は何しようかと考える。

母が突然上機嫌で私の部屋に来るなり、こう告げた。

「エリアナ、母とお茶をしましょう」

母は既に中庭にお茶の用意をしたらしく、私はカインに支えられて中庭まで行き、母とゆっくりお茶を飲む。

「エリアナ、ようやく家に帰ってこられたわね。ずっと心配して待っていたの。もう王家にエリアナは渡さないわ」

「お母様、あれからお父様の帰りが遅くてお会いしていないのですが、大丈夫なのですか？」

「彼なら大丈夫よ。ただ、ちょーっと殿下がエリアナと離縁したくないとゴネているみたいね。それにオフィーリアだっけ？　あの、恩を仇で返す娘。あの娘の後ろ盾を取りやめると王宮に通達したの。だからだと思うわ。ふふっ。でも、もうすぐ解決するんじゃないかしら？　それにしても、彼とはどうなの？」

「彼、とは？」

「ほらっ、彼よ。ルイ・グレイストン宰相補佐官。彼、いいわよね。格好いいし、背も高くて、グレイストン公爵家だし、優秀だし、何よりもエリアナを大切にしてくれそう。彼なら賛成するわ」

母の目がキラキラして乙女のようだ。

「もうっ、お母様。グレイストン様とは何もありませんわ」

私は恥ずかしくなってすぐに否定したけれど、母はふふっと笑う。

「でもサナから聞いたわよ？　手紙のやり取りや王宮図書館で声を掛けられたのでしょう？　美しい人って呼ばれたとか。ふふっ。聞いているこっちが照れちゃったわ。初々しいわ。エリアナが倒れた時も真っ先に駆けつけてくれたし。素敵だわ」

「もうっ、おやめください。恥ずかしい限りですわ」

「彼ね。エリアナが眠り続けている時にも心配してずっとお見舞いにきてくれていたのよ」

「そのようですね。目覚めてからサナ達に聞いてお礼のお手紙を出しました。今度またお見舞いにきてくれるそうです」

「ふふっ。妬けちゃうわ。殿下に早く離縁してもらわないといけないわね。今度、王妃のお茶会があるから言ってみるわ」

母はいつも以上に娘の恋愛話にキャピキャピしていたわ。


のんびりと過ごした四日後、父とグレイストン宰相補佐官が一緒に家に帰ってきた。

その間、私は侍女や従者達のおかげで元に、というより今までにないほど元気になっていたわ。

「お父様、お帰りなさい。グレイストン宰相補佐官様、こんにちは。ようこそおいでくださいました。そしてお見舞いありがとうございます。おかげさまでもうすっかりよくなりましたわ」

「美しい人、以前よりも更に美しさに磨きが掛かっていて私の鼓動は高鳴りっぱなしです。どうぞ私のことはルイと呼んでください」

「わかりましたわ。ルイ様。では私のことはエリアナとお呼びください」

「名前を呼べる栄誉をいただき嬉しい限りです。エリアナ様」

ルイ様は仰々しくお辞儀をしている。

「もうっ。顔を上げてくださいエリアナと呼び捨てで構いませんわ」

私達は父の執務室へ集まり詳しい話を聞くことになった。

私はルイ様の手を取り、案内する。執務室では父の執事がお茶を用意している間に父の向かいに座り、私とルイ様は隣同士ソファに座った。

「お父様、王宮からの帰りですよね？　どうだったのですか？」

「あぁ。心配ない。無事に離縁できたよ。白い結婚が決め手となって婚姻無効になった。それと、我が公爵家は側妃オフィーリアの後ろ盾も取りやめたよ。サロー子爵は約束通り彼を含め親族全て平民となった。子爵はあの場にいたから覚悟はできていたようだ。今頃オフィーリアの後ろ盾探しに殿下達は必死だろうね」

「よかった。お父様、ありがとうございます。やっと肩の荷が下りましたわ」

私は父から離縁できたという話を聞いてホッと息を吐いた。

苦しかった思いや嬉しさ、やっとという思いが綯《な》い交《ま》ぜになる。

「と、いうわけで、エリアナは現在お独り身になられたのですから、公爵、ぜひ私を婿にしていただきたい」

「ルイ君、それは急すぎないか？　まだエリアナは公爵家に帰ってきたばかりだし、体調も万全ではない。そして独身に戻ったばかりだ」

「だからこそ、です。私はエリアナを一目見た時から心を奪われてしまったのです。誰もまだ婿に名乗りを上げていない今のうち、です。彼女しかいません。彼女しかほしくありません」

父にそう必死で語るルイ様。

うぅっ。恥ずかしいわ。

でも、そこまで私をほしいと言ってくれる。

素直に嬉しいの。

ポトリと涙が出てきた。

「エ、エリアナ、どうしたのです？　どこか痛みますか？」

「いえ、ルイ様。私、今まで人にこんなにも求められたことがなかったから、嬉しくて」

父は眉を顰《ひそ》めてアイツめ、と殿下への怒りを露わにしている。

「エリアナ、私は毎日でも言います。貴女《あなた》は美しい。誰より気高く、優しい光。あぁ、私の手を取ってくださいませんか？」

ルイ様は突然ソファから立ち上がった後、私に向かって片膝を突いて手を差し出した。

「あー駄目だ駄目だ。まだ娘はやらんぞ!?　エリアナ、絆《ほだ》されては駄目だ」

お父様はルイ様が私に差し出した手をパチンと叩き落とす。

「ふふっ。お父様ったら。ルイ様。私、ルイ様についてもっと知りたいと思っていますわ」

「本当ですか!?　ではマートン医師から許可が出たらいろんな所へ出掛けましょう」

「その時はよろしくお願いしますね」

「ぜひ！」

そうして彼はまた来ますねと公爵家を後にした。

父は『娘が…』と嘆いている。

侍女達は『ポエマーですか、それはそれでよいですねー』と好感触のようだわ。


グレイストン宰相補佐官とサラテ公爵が公爵邸へ向かう少し前の話

「さて、サルタン殿下。ここにサインをお願いします」

「いやだ、私はエリアナと離縁したくない。エリアナにはずっと側にいてほしいんだ」

ここは王宮のとある一室。普段は少人数で会議が行われるほどの広さがある。机と椅子のみが配置されており、今の殿下にとっていささか部屋は重苦しく感じるだろう。

何度となく陛下と宰相を交えた話し合いの末、陛下からようやく了承を得た。

あとはサルタン殿下のサインを待つばかりの状況となっている。

「ではお聞きしますが、なぜあの場でオフィーリアを隣に置いていたのですかな？　殿下もお飾り妃だと私の娘、エリアナを嘲《あざけ》った噂をご存知でしょう？　正妃の立場が更に危うくなるのを知っていてその対応とはねぇ」

「いや、それはオフィーリアの希望でもあったし、それに、私も彼女が可愛くて、つい……」

「ほお、可愛くてつい、ですか。殿下からすれば側妃を優先してしまうほど私の娘は可愛くない、醜い娘なのでしょうね。正妃より大事なのでしょう、オフィーリアは。ははっ、何を躊躇《ちゅうちょ》しているのです？　良いではないですか。教会からもマートン医師の署名付きで白い結婚も証明されておりますよ。本来なら白い結婚はサインが不要なのですよ。サインを求めるのは殿下を思ってのこと。お互い納得の上で離縁した方が良いでしょう？」

「……エリアナが、好きなんだ」

「はっ、娘に好きだと言った口でアリンナと子を作り、オフィーリアを抱く。好き勝手し放題ですな」

サラテ公爵は苛立ちを抑え、冷静に話を進めようと努めているようだ。

彼は父としてサルタン殿下の発言をどうにか我慢している。彼は愛妻家で有名だ。そんな彼にとってサルタン殿下のやっていることは許しがたいだろう。愛妻家である彼の一人娘にこのような扱いをされるのは相当腹立たしいに違いない。

「サルタン殿下、サインをしたところで何も変わりませんし問題はないですよ。なんの心配もいりません。離縁なさってもエリアナ妃自身は変わりません。彼女はいつまでも気高く優しく美しいままですから」

その場に同席した宰相補佐官はそうにこやかに、悪魔が囁《ささや》くようにこれ以上ないほど優しくサルタン殿下へ告げる。

サルタン殿下は観念したのか補佐官の言う内容に思うところがあったのか羽根ペンを取り、サインをする。

「あぁ、よかったです。おめでとうございます。殿下、これでオフィーリア妃は殿下を独り占めできますね。まぁ、オフィーリア様が粉を掛けているのは殿下だけではないようですが」

グレイストン宰相補佐官はサインを確認した後、満面の笑みを浮かべ、そう告げた。

サラテ公爵ほどではないが、彼なりに思うところはあったのだろう。

「ルイ補佐官、どういうことだ⁉」

サルタン殿下は立ち上がり、胸ぐらを掴み掛かる勢いで聞いてきた。

つい先ほどまでエリアナ妃が好きだと言った口から。

「おや、殿下はご存じないのですか？　私自身、妃殿下の執務室へ入る度にお茶を勧められ、休みの日はいつだと聞かれましたよ。一部の騎士や文官達にも声を掛けているのだとか。確認なさってはどうでしょう。私としては興味のカケラもないですが」

サラテ公爵もグレイストン宰相補佐官に話を合わせるように頷き、相槌を打っている。

「おやおや、アリンナ妃よりひどいですな。婚前はいろいろあったようだが、殿下と婚姻後はほかの誰とも閨《ねや》はもちろん、声を掛けることもしていないと聞いております。彼女なりに殿下に会うための手段、がそうだったのでしょうな。殿下は人をよく見るべきでしたな。そうそう、今回の件でサロー子爵は爵位を譲渡し、平民に戻りました。オフィーリアはつまり平民。これは困ったことになりそうですな」

サラテ公爵はわざとらしく笑ってみせた。

「なにっ。オフィーリアはサラテ公爵家の養女ではないのか？」

「まさか。あんな女狐を養女に？　エリアナが可哀想ですよ。あんな娘と義理でも姉妹になるだなんて。あれは養女になったと誤解をしていたようだが。私はエリアナを守ることを約束させた上で後ろ盾になった。寵愛を受け、正妃より愛されていると優越感に浸りたかったのだろう。馬鹿な娘だ、貧乏子爵令嬢の分際で。殿下にも責任があるのですよ？　一番どうでもいい娘に、一番偉いのは自分だと勘違いさせるなんて」

「義父上《ちち》、それくらいにしましょう。我が天使、エリアナは喜びません」

「!?　義父上《ちち》、だと？」

「まだ義父《ちち》となっていないがな」

グレイストン宰相補佐官は今まで見せなかった顔を殿下に向ける。

対照的に公爵は眉間に皺が寄っている。

「私、ルイ・グレイストンはエリアナ妃が離縁するのをずっと待っていたのですよ。妻にお迎えしたいとサラテ公爵にずっとお願いしているのです。エリアナ様は誰より美しい。優しく気高く気品が溢れていてそれでいて優秀で真面目で、語り尽くせないほど。私は彼女に恋焦がれているのです。

文官達もみなエリアナ妃が離縁されるのを待っていますし、既に水面下で彼女を巡って熾烈な争いをしているのですよ？　ね、義父上《ちちうえ》」

「まだ義父《ちち》ではない」

「殿下、大丈夫ですよ。私がエリアナ妃を今まで味わったことがないほどに幸せにしてみせますから。あぁ、早く会いたい。我が天使」

「ああそうだ、殿下。一つだけ言っておきますが、オフィーリアの父、サロー子爵は自主的に私に子爵位を譲渡してくれました。もちろん陛下の前で。陛下にも了承されております」

グレイストン宰相補佐官はワザと殿下に話をしたんだろう。サインしたことを後悔させるように話すあたり、相当、腹に据えかねていたと見える。

殿下はグレイストン宰相補佐官の話を聞き、苦虫を噛み潰したような表情をしている。

公爵は思う。

いい気味だ。後悔するくらいなら最初からしなければよい。

今更だがな、と。

◆　◆　◆

「エリアナ、体調はどうですか？」

「ルイ様、私はすっかり元気になっています。ルイ様こそ、仕事が大変ではないですか？」

「私なら大丈夫ですよ。趣味で仕事をしていただけなので。本来、業務時間よりも前に私の仕事は終わっております」

「相変わらず優秀ですのね」

「美しいエリアナにそう言ってもらえると、明日からもまた頑張れそうな気がします」

ルイ様はこうして仕事終わりに家まで来ては私の体調を気にしてくれる。

どこまでも紳士な人。

やはり私が感じていたルイ様のイメージそのもので、心がじんわりと温かくなる。

「今日は王都で人気だという菓子を買ってきたのです」

彼はそう言って小さな箱をテーブルの上に置いた。

「開けても？」

「もちろん」

私はドキドキしながら箱を開けると、中には細かな絵が描かれているクッキーが入っている。カメオのようなその繊細さに思わず見入ってしまう。

「……とても素晴らしいですわ。食べるのがもったいないくらい素敵」

「気に入ってもらえてよかった。いくらでも食べてください。美しい妖精に食されるなら、クッキーも本望でしょう」

「ふふっ。嬉しいです」

そうして少しの時間を過ごした後、また彼は王宮へ戻っていく。

そのまま公爵家へ戻らないのかと聞いてみたけれど、サルタン殿下とオフィーリアに執務を最後までやるよう監視をしながらギリギリと締め上げているようだ。

ルイ様は優雅にお茶をしながら語っていたけれど、フラヴィ達の話からすれば彼はかなりのスパルタらしい。フラヴィ達の話を聞いて微笑ましく思うわ。

私は彼のおかげで少しは自分を愛せるようになった気がする。

私はいつも誰からも愛されない、愛してくれない、一生孤独と共に生きていくのだと感じていた。辛かった。

苦しかった。

一人で寂しい。

いつも蓋をして心の奥底に閉じ込めていた思いを認めることができたのだ。

「お嬢様、もうすっかりよくなりましたね。外へ遊びにいっても大丈夫でしょう。ですが無理は禁物ですよ？」

「マートン先生、ありがとう。その言葉を待っていたの。楽しみだわ」

マートン医師から許可を貰った翌日、ルイ様と王都で少しばかりのデートの約束をした。

「エリアナ、疲れたらすぐに言ってくださいね。私の美しい人」

ルイ様はそう言って手を繋いで歩き始める。

「ルイ様、私、あの」

「どうしたのです？　マイ天使」

「私、お、王都を出歩いた経験がないのです」

ルイ様はピタリと足を止めて真顔で私の顔を覗き込む。

「もう一度聞いても？」

「私、王都を出歩くのはこれが、は、初めてなの。……公務で外に出る時は馬車で現地まで行っていたから……」

私は恥ずかしくなり、話の最後は小さな声になってしまった。

恥ずかしいわよね。きっと笑われてしまうわ。思わず俯いてしまう。

けれど、ルイ様はガバリと私を大きな腕で抱きしめた。

「エリアナ、素晴らしい。私に貴女《あなた》の初めてを貰えるなんて！　嬉しい限りです。さぁ、私の手を取ってください。王都は広い。迷子になってしまいますから」

満面の笑みを浮かべたルイ様は私から離れ、手を差し出す。

ルイ様と手を重ねると彼は指をからめて歩き始める。

「ルイ様、あれは何ですか？」

「あれは露店ですよ。あそこでは食べ物を売っているんです。食べてみますか？」

クレープ生地にジャムが付けられてくるくると巻かれた食べ物。

「食べてみたいです」

ルイ様に買ってもらい、品物を渡される。

「ルイ様、これはどうやって食べるのですか？」

「マイエンジェル、これはクレープと言って、がぶっと食べるんですよ」

私は見様見真似でクレープに齧《かじ》りつく。

「!!　美味しいですね。甘さの中に酸味があって生地もモチモチしています。ジャムとの相性がとても良いですわ」

「口に合ってよかった。今日の私はエリアナの初めてばかりを目にして幸せでいっぱいだ」

私はクレープを食べきり、露店の通りを手を繋いで歩く。

ふとルイ様を見るとすぐに私に気づいて微笑み返してくれる。

それがたまらなく嬉しい。今まで感じたことのなかった優しい気持ち。

こんなにふわふわでドキドキして言葉にできないことは今までなかったわ。

ルイ様は露店の通りを過ぎたところで一軒の商店を指さす。

「エリアナ、あそこに入ってみましょう」

私とルイ様は商店に入る。

今まで見たことがない物がたくさんあるわ。紙一枚とっても花のスタンプが押してあったり、凹《おう》凸《とつ》をつける加工がなされていたり。すごいわ。

「ルイ様、初めて見ました。文具もこんなに可愛い物があるのですね。文鎮も小鳥や兎の形がありますよ。あぁ、なんて素晴らしいの」

「エリアナ、感動に打ち震えている貴女《あなた》はもっと素晴らしい。可愛い人だ」

「私、知らなかったのです。いつも執務する時は全て支給品だったから」

「そうだね。王宮の支給品は味気ないね。貰ったことはなかったのかな？」

「私にプレゼントしてくださる殿方は一人もおりませんでしたわ。……婚約者にも貰いませんでしたもの」

私は眉を下げてそう言うけれど、ルイ様は私をギュッと抱きしめる。

「そうなんだね。これも私がエリアナの初めてを貰えるのか。素晴らしい。嬉しいよ」

そう言って私にお揃いの文鎮や羽根ペン、レターセットを買ってくれたの。

お揃いってなんだか気恥ずかしい。

「嬉しいよ。宰相に自慢してしまうかもしれない」

「恥ずかしいですわ」

そうして短時間だけれど手繋ぎデートをして帰ってきた。本当なら食事をしたり広場まで足を延ばしたりしてもよかったけれど、彼は私の落ちた体力に気を遣ってくれた。

「今日はとても楽しかったです。貴女《あなた》とこうして過ごせるのが嬉しくて仕方がない。あぁ、とても離れがたい。今度はオペラを一緒に見にいきませんか？」

「オペラですか？　楽しみです。学生の頃はよく見にいっていたのですが、結婚してからは一度もなくて、また行きたいと思っていたのです」

「よかった。では後日伺いますね」

「お待ちしております」

そうして私はルイ様に送られて邸《やしき》に戻った。

「お嬢様が幸せそうでよかったよ」

「もうっ、サナったら」

私は自室で今日の余韻に浸っていた。彼ともう少し一緒にいたかった。

元気になったとはいえ、まだ長時間出歩けるほどの体力がない自分にがっかりする。

今度は二人で菓子店へ行って一緒に食べてみたり、露店が並ぶ通りに行ってみたいわ。

それを叶えるにはもっと体力が必要ね。

カインに頼んで一緒に体力作りを手伝ってもらおうかしら。

つらつらと楽しい考えが頭の中でいっぱいになっているところでマリーから声が掛かった。

「お疲れのところ申し訳ございません。お嬢様にお会いしたいと仰る方が見えられております」

私に会いにきた？　誰かしら？　宰相？　仕事の話かしら？

「誰かしら？」

「サルタン殿下でございます」

……何か用かしら。名前と共に思い出す鈍い苦しみ。ようやく解放されたのに、思い出したくない。

けれど、今日に限って父も母も出掛けている。

今、この邸《やしき》で彼を追い返すことのできるのは私しかいないわ。

私は気を引き締めてサルタン殿下の待つサロンへとゆっくり向かった。

「お待たせしましたわ」

サロンに入り声を掛けると、サルタン殿下は立ち上がり微笑んでいる。

どこかやつれたような気がするわ。

「エリアナ、待っていた」

私は彼の向かいに座って執事にお茶を淹れさせる。

「殿下、どうなさったのですか？」

「エリアナ！　君に、君に戻ってきてほしいんだ」

何を考えているのかしら？

「戻ってきてほしいとは？」

「エリアナ、君が必要なんだ。私はずっと君を大切に思っていた。だが、グレイストン宰相補佐官や君の父は私を騙すように離縁を勧めてきた。サインしたことをずっと後悔している。できるのなら今すぐにでもよりを戻したいと思っている」

サルタン殿下は必死に懇願するように復縁を迫ってきた。

復縁などありえない。

今までずっと王家のために、貴方《あなた》のために身を粉《こ》にしてずっと働いてきたのよ。

「……話はわかりましたわ」

「わかってくれたかい!!」

「申し上げるのは一つ。私はサルタン殿下と復縁を望んでいません。これからもその思いは変わりません」

「なぜだ？　私達は上手くいっていただろう？」

「殿下は何を見ていらっしゃったの？　どう見たら上手くいっていたとお考えなのかしら？」

「私はずっとエリアナを大切にしていた」

「あら、大切にされた覚えはまったくございませんわ。ドレスの一つも送ってこない、ましてや愛人を連れ回し、執務を全て私に丸投げ。私と顔を合わせるのは公務の時のみ。それでどう大切にしていたと言えるのです？　心で思っていれば勝手に私に伝わっていたとでも？　ごめんなさい、貴方《あなた》の思いはまったく伝わっていないわ。いつも貴方《あなた》や側妃達の尻ぬぐいばかりで疲れました。愛想が尽きたのです」

「そ、そんな……」

私は今までにないほどはっきりと拒絶の意志を見せた。

今まで言い返してこなかった私の発言に驚いたようだ。そしてショックを受けている。

「それに私には既にルイ・グレイストン様がおりますわ。彼はいつも私の体調を気にしてくれたり、気遣いがあって素敵な方です。彼と出会い、真摯な態度に心を打たれました。結婚するなら彼と一緒にいたいと思っております」

「なぜ、あいつなんだっ。私がこれほど君を思っているというのに。あいつのどこがいいんだ」

溜息を吐《つ》きたくなる。何度も言ったように貴方《あなた》の思いなんてこれっぽっちも届いていないわ。

「おや、心外ですね」

突如話に加わった声。

私達は驚き、声のする方に視線を向けると、そこにはルイ様が立っていた。

「ルイ様。王宮に戻ったのではなかったのですか？」

「いえ、戻る途中で殿下の馬車とすれ違ったのです。気になって引き返してみれば……殿下は今謹慎中だったはずですが？　どうしてサラテ公爵家へ？」

私と二人の時のルイ様ではなく、グレイストン宰相補佐官としてサルタン殿下と話しているわ。

「そ、それは。正妃に戻ってきてほしいからだ。エリアナを失ってから気づいたんだ。やはり私にはエリアナが必要だったと。君の言葉に騙された。エリアナが一番なんだ」

ルイ様にサルタン殿下は言い訳のように話し始めた。

彼の言葉を聞く度に自分の都合で私を呼び戻したいだけのように聞こえるわ。

「騙すもなにも、私は正直に伝えたはずですが？　たとえ離縁しても、エリアナはいつまでも気高く優しく美しいままですから、と。何を勘違いしているのかわかりませんね」

ルイ様は私の隣に座り、手を握る。

一人で王太子殿下と話すのは元夫とはいえ、どこか緊張していたのだろう。ルイ様の手のぬくもりが伝わり、自然と余分な力が抜けていくのがわかる。

「私の妻に触れるなっ」

「元、ですよ？　私の女神は美しいでしょう？」

「お前はまだ婚約者ではないだろう⁉」

殿下の言葉にハッとする。私がずるずると彼との婚約を引き延ばしている結果がこれに繋がっているのだと。

心がすり減って、生涯恋なんてしなくてもいいとさえ思っていたの。

それなのにルイ様は私の痛んだ心をそっと包んでくれている。

そんな彼の優しさに甘えているだけではいけないと思うの。

私は嬉しかった、彼に救われたの。彼と会って話す度にこの人といたいと感じるようになった。

私の気持ちをしっかりと伝えないと殿下と同じになってしまうわ。

「サルタン殿下、何を勘違いなさっているのかわかりませんわ。殿下との婚姻は無効なのです。妻でもなんでもないですわ。それに、私はお慕いしている方がいます。私はその方と婚約したいと考えていますわ」

私の言葉に二人とも動きを止めてしまった。

「……慕っている、人?」

殿下は呟《つぶや》くように尋ねた。

「ええ。私はルイ・グレイストン公爵子息様をお慕いしております。婚約者になっていただきたいのですわ」

「我が女神！　本当ですか⁉　今すぐに手続きを行いましょう。あぁ、今日はなんて最高の日なんだ！　きっと馬車に気づいた私は天に導かれたのですね。殿下にもお礼を言わねばなりませんね」

ルイ様の嬉しそうな態度とは反対にサルタン殿下は絶望した顔をしている。

「……そ、そんな。エリアナ……」

私の一言で一瞬にして天国と地獄を二人が表現しているようで、クスリと笑ってしまった。

「さぁ、サルタン殿下、お引き取りを。謹慎中なのに勝手に出られては困ります。エリアナの気持ちもお聞きできてよかったですね。さぁ、お帰りください。私は今から手続きに入りますので、忙しいんです。あぁ、そこの執事、義父上《ちち》にすぐ連絡を。あと、カインでしたか、サルタン殿下を馬車にお連れしろ」

「畏《かしこ》まりました」

二人はルイ様の指示でサッと動き出す。

サルタン殿下はがっくりと肩を落としたままカインに連れていかれた。

部屋に残されたのは私とルイ様と侍女のフラヴィとマリー。

ルイ様は侍女を気にすることなく私に向き直り、満面の笑みを浮かべている。

「エリアナ、もう一度聞いても良いですか？」

「ええ、もちろん。私はルイ・グレイストン公爵子息をお慕いしております。婚約者になっていただけませんか？」

私は少し恥ずかしくなりながらもルイ様にそう伝えた。

「あぁ、神様。この日が私の人生における最良の日であることは間違いない。嬉しすぎてどうにかなってしまいそうです。エリアナが私の婚約者……。嬉しいです」

ルイ様はそう言いながら私の両手を包んでいる。

すると、マリーはルイ様の感動を邪魔するかのように『お茶が入りました』と声を掛けてきた。

我に返ったようなルイ様も微笑ましい。

仕事中の彼を知っているせいか、私をこんなにも思ってくれているなんてなんだかくすぐったい気持ちだ。

しばらくして父が我が家に帰ってきた。

私達は父の執務室へ移動し、先ほどの出来事を父に語った。

「サルタン殿下が我が家に来たのか」

「えぇ。お父様もお母様もいない時を見計らったのではないでしょうか？」

「大丈夫だったかい？」

「もちろん大丈夫でしたわ。ルイ様が戻ってきてくれて助かりました。彼が殿下を追い返してくれたのですもの」

「殿下の馬車がすれ違ったので気になって引き返してみれば……。我が女神に何もなくてよかったですよ、義父上《ちち》」

「……まだ義父上《ちち》ではない。だが、ルイ殿のおかげで助かった。感謝する」

父もサルタン殿下が謹慎中だと知っていたようだ。そしてなぜ今頃私のところへやってきて正妃に戻れと言ってきたのかも。

どうやら父の話ではサルタン殿下には後ろ盾のない側妃達が後宮にいるのみ。これから貴族を纏《まと》めていくにも側妃達の実力は足りない。やはりしっかりした正妃を付けなくてはならず、何人かの正妃候補者を挙げたようだ。

皆、この間のこともあり、娘を正妃にしたい貴族はいなかった、ケイティーナを除いて。彼女なら正妃としてもしっかり仕事をしてくれるだろうと、正妃が決定したのだとか。もちろんそこにサルタン殿下の気持ちは考慮されていない。まぁ、今までを考えたらそれも仕方がないのだろう。

「でも、いくらケイティーナ嬢を嫌っていても私を正妃に戻したい理由にはなりませんわ」

私はふと疑問を口にした。

教会が白い結婚だと証明したし、今までの経緯を考えれば誰も許可しない。サルタン殿下もそれくらいはわかっているはずだと思っていたが。

「ケイティーナ・ラダン侯爵令嬢のことだ、何か条件を付けたのではないか？」

「義父上《ちち》、その条件は今後、側妃達に一切会わないことだと言っていましたよ。ケイティーナ嬢はまだ後宮に住んでいる二人を王子共々殺すつもりなのでしょうね」

ルイ様の言葉に納得する自分がいる。

確かに彼女ならやりかねないわ。それだけ気性が荒いのだもの。後ろ盾のない者など殺しても問題ないといって、病死として取り扱うわね。

サルタン殿下はそのことに気づいて私に正妃として戻ってきてほしいと言ったのかしら。

たとえ三人の命が掛かっていたとしても、私は正妃になんて戻るつもりはないわ。

「お父様、私は正妃になんて戻りたくありませんわ。ルイ様がよければすぐにでも婚約をしたいと思います」

「……あぁ。そうだな。王家は無理に連れ戻しはしないだろうが、あの馬鹿殿下は何をするかわからん。ケイティーナ嬢に余計な刺激を与えてエリアナに向かってこられてもたまらんしな。ルイ殿、エリアナとの婚約に異議はないかな？」

「もちろん、大賛成です。今すぐにでも結婚したいくらいだ。義父上《ちち》、すぐにでも婚約の書類にサインを」

するとと執事は棚の引き出しから書類を取り出す。

どうやらグレイストン公爵家から私に婚約の打診があった時、既に書類を全て用意していたみたい。

ずっと私の気持ちを待ってくれていたのだと思うと少し申し訳なくなった。

「あの、ルイ様。サラテ公爵に婿として来てもらうことに問題はないですか？」

「女公爵として美しいエリアナを僕が支えることに、何の問題もありませんよ。私は貴女《あなた》と共に生きるのが幸せなのですから。今日にでも仕事をやめて公爵家の仕事をしても問題ないですよ」

「それは宰相が困るだろう。その嫌味の矛先は絶対私に来る。駄目だ駄目だ」

父はそう言いながら書類にサインをして私も書類にサインをする。

「これでサルタン殿下からの突撃はなくなるはずだ。エリアナ、安心しなさい」

「はい、お父様。ルイ様、お待たせして申し訳ありません」

「待っていませんよ？　私はこうして美しい貴女《あなた》と会い、貴女《あなた》の側にいるだけで幸せですから。さて、私はこの書類を持って城に戻ります。私の方から王宮に提出をしておきますね。私が直接処理をするかもしれませんが」

「ふふっ。ルイ様なら短時間で婚約の許可申請を通しそうですね」

「……」

父は難しい顔をしている。ルイ様なら本当にやってしまいそうだわ。

そうしてルイ様は書類を持って王宮へと戻っていった。

やはり書類の申請をその場で許可させて数時間のうちに私達は正式な婚約者となった。

サルタン殿下はというと、謹慎中に我が家を訪れたのが陛下にバレて更に謹慎期間が延びたのだとか。きっと彼が動けない間に陛下達は新しい正妃との婚約を進めているのだと思う。


そうして一週間後。

「森の中の妖精と戯れる女神のように気高く美しい。我が姫君、どうか私の手をお取りください」

「ふふっ。ルイ様ったら」

私はルイ様の手を取り、馬車へと乗り込んだ。空は暗くなり、ガス灯に火がともり始めている。

ドキドキと胸が高鳴っているのが、久々のオペラだからか、婚約者になったルイ様が隣にいるからなのかわからない。

何か話そうとルイ様の方を見て目が合う。いつもならきっと今から見るオペラの話や今日の出来事などを会話しながら和やかな雰囲気の中、会場に着くのに……

目が合っただけでなんだか恥ずかしくてつい視線を下げてしまう。顔も火照《ほて》っているわ。

ルイ様は変に思っていないかしら？　不安なあまり泣きたくなってしまう。

「エリアナ、どうしたのですか？　気分が悪くなりましたか？」

ルイ様は心配そうに覗き込んで私の手を取り包んでいる。

「うぅっ、ごめんなさい。は、恥ずかしくて」

「恥ずかしい、です、か？」

「えぇ。ルイ様とこうして一緒にオペラを見にいくのを楽しみにしていたのです。でも実際に馬車に乗り、隣にルイ様が座っていると思うと恥ずかしくて、上手く言葉が出なくて……。こんな気持ちになったのも初めてで、どうすれば良いかわからずっ」

するとルイ様の手は更に力強く私の手を包む。

「今宵の我が女神は蠱惑《こわく》的だ。月も星も皆貴女《あなた》にひれ伏すだろう。貴女《あなた》とこうしているだけで私の心は溶けてしまいそうだ。あぁ、このまま家に連れ帰りたい。けれど、ずっと楽しみにしていたオペラを私の気持ちで台なしにするのはいけない。叶うのならこのままこうして側にいても？」

「は、はい」

私が顔を真っ赤にしている間も、馬車はカラカラと音を立てて会場に進んでいく。

向かいに座っていたマリーの視線が温かくていた堪れなかった。

私達は会場に着いた後、すぐにボックス席に入った。私達が来ているとどこから漏れたのか、演目が始まる前まで何人もの貴族達が来ては挨拶をして席に戻っていく。二人でゆっくりとオペラが始まるまでの時間を楽しむことはできなかった。

これは仕方がないわよね。公爵家同士でオペラを見にきている。そして私は元正妃。療養に入ってから公の場に顔を見せたのはこれが初めてだもの。流石《さすが》に開演の時間になると静かになったけれど。

今日の題目は『仮面の下の薔薇』だ。内容は政略結婚の末に夫と義母に虐《いじ》められ、身投げをしようとした令嬢がある男に助けられる。家に戻る時に『君を必ず迎えにいくから』と言い残し、彼はいなくなった。令嬢はまた義母の虐《いじ》めに耐え、ある日の舞踏会で彼と再会する。不正を暴き令嬢を救い出した男は国の第三王子様だった。助け出された令嬢は王子様と結婚し、ハッピーエンドを迎えるという物語。

どの場面も役者の演技力がすごくて義母に虐《いじ》められるシーンでは泣いてしまったわ。最後に王子様が令嬢にプロポーズした時なんて我がことのように嬉しくてまた涙が出てしまった。たくさん泣いてすっきりしたわ。一日にこんなにも感情が動くなんていつぶりなのかしら。

「エリアナ、素晴らしいオペラだったね」

「はい。こんなにも涙してしまうなんて思っていませんでした」

「泣き顔も美しい我が姫。涙を呑みながらサラテ公爵家へお連れいたします」

そうして私はルイ様のエスコートで馬車に乗り、家へと戻った。目を真っ赤にして戻ってきた娘に驚いたのは母だった。ルイ様が何かしたのかと本気で心配していたわ。泣きはらした顔で帰ってきた私を見ると、母は泣きながらルイ様を怒ったけれど、マリーが必死に説明してようやく理解してくれたの。その後、母とお茶をした時にオペラの素晴らしさを熱く語ってしまったわ。母は私の話を聞くと、ルイ様に謝らないとね、と笑ったわ。今となってはいい笑い話よね。

「エリアナ、今日も美しい君と過ごせて嬉しかった。今度の休みには一緒にピクニックへ出掛けないか？」

「ルイ様、私、ぴ、ピクニックにも、行ったことがなくて……。何にもしたことがなくてごめんなさい」

全ては幼少期からの妃教育が忙しくて。そんな暇なんて一日もなかったのだもの。

何も知らなくて、何もできない無知な自分が恥ずかしくなり俯く。

「私の美しい人、言っただろう？　君の初めてを貰えるなんて素晴らしいと。私は嬉しいよ、エリアナと一緒にできる経験が。まずはピクニックに行こう」

「はいっ」

次の約束をしてルイ様は帰っていった。

素晴らしいオペラを観覧した数日後、とても渋い表情のルイ様が私を迎えにきた。

「……美しい我が婚約者殿。残念ながら父、グレイストン公爵が貴女《あなた》に会いたいと言っていまして、こうしてお迎えに参りました」

ルイ様は私を公爵家に連れていきたくない様子。

グレイストン公爵家にはルイ様が嫌がる何かがあるのかしら？

私は母や執事に見送られながらグレイストン公爵家へと向かった。

ルイ様の眉間には皺が寄っているわ。もしかして先日のオペラのような義母からの虐《いじ》めが待っているのかしら。

いつもとは違い、口数少ないルイ様を心配しているうちに馬車はあっさりとグレイストン公爵家へ到着した。

「ようこそおいでくださいました、エリアナ・サラテ公爵令嬢様。サロンへどうぞ。旦那様も奥様も次期公爵もお待ちです」

「チッ。兄もいましたか」

いつになくルイ様が嫌そうにしている。

私はわけがわからず、ただ不安になりながらもサロンへと向かった。

同じ公爵家でもルイ様の邸《やしき》は我が家と雰囲気も趣も異なり、また素晴らしい。

我が家は母の趣味で刺繍した物を中心に飾っているけれど、ルイ様の家は絵画が飾られている。

どれも素晴らしくて立ち止まって見ていたいわ。

そうして案内されたサロンに入る。サロンは窓を大きく取ってあって壁の圧迫感がない。その上柱一つ一つに繊細な装飾がされていていてとても美しい。荘厳とはこういうことなのかしら。

「お招きいただき、ありがとうございます。私、エリアナ・サラテです」

私が挨拶をした先にはニコニコと満面の笑みを浮かべているルイ様の家族が座っていた。

「まぁ！　やっぱり可愛らしいわっ。エリアナさん、こっちへいらっしゃいな」

夫人が目をキラキラさせて私を手招きする。

けれど、それを阻止したのはルイ様。

「母上、エリアナは私の隣だと決まっております」

「まぁ！　嫉妬は男らしくなくてよ？」

私達は用意された席に座った。いつも優しいルイ様が不機嫌そうに口を開いた。

「父上、今日私達を呼んだのはどういったご用件でしょうか？」

「おお！　呼び出した理由はな、お前が顔を見せんからだぞ？　母はいつもルイに会いたがっているのに無視するし、こんなに素敵な令嬢を独り占めして家に寄り付こうともせず。どうせ彼女と会う以外は仕事しかしていないんだろう？　仕事人間めっ」

さんざんな言われようだけれど、公爵様って茶目っ気あるお方なのかしら？　純粋にルイ様に会いたかったって言っているし、寂しがりやさん？

「そうよ？　ルイは仕事ばかりで家に全然帰ってこないんだもの、つまらないじゃない。それに婚約者のエリアナさんに絶対会わせようとしないんだものっ」

「母上に会わせたら最後、絶対にエリアナをお人形遊びの感覚で扱うでしょう？」

「まぁ！　失礼ねっ。エリアナちゃんが可愛くて仕方がないのよ。ずっと王子妃で頑張っていたでしょう？　だ・か・ら、私達がその分エリアナちゃんに可愛い可愛いしてあげないとねっ」

「エリアナ、彼らに毒されてはいけない。私が言うのも何ですが、我が家は代々文官で文字ばかり追っていたせいか、どこか変わっている者しかいない家族なのです」

「そんなことはないぞ？　ただ我が家は男ばかりでずっとむさ苦しかったからな。エリアナ嬢のような素敵な令嬢との婚約に舞い上がっているだけだ」

私はよくわからず、その場を見守るしかない。

けれど、わかることはグレイストン公爵家は皆仲がいいということ。

我が家もそうだけれど、政略結婚の多い貴族にとっては数少ない家庭円満な家なのかもしれない。

「父上、そろそろ本題に入りましょうか」

みかねたルイ様のお兄様が声を掛ける。

するとさっきまでの笑顔は一瞬にして真面目な顔となった。

「そうだな。ルイをからかうのも良いが、話を進めねばな」

「……で、話とは何でしょうか？」

「お前は宰相補佐官だから耳にしていると思うが、次期王太子妃はケイティーナ嬢だ。彼女はサルタン殿下に一途だがとても嫉妬深いことで有名だ。今は側妃に対してその嫉妬が向けられているのを知っているか？」

「いえ、予想はしておりましたが、やはり何か動きが？」

「あぁ。どうやら側妃達に毒を盛ろうと本格的に動いているようだ。側妃が病に伏すのは時折あることだがな、王子共々殺す気でいるようだ」

「まぁ、そうなるでしょうね。彼女であれば」

「更に、だ。謹慎中に殿下はエリアナ嬢に会いにいったのだろう？　ケイティーナ嬢はそれを知って君にも矛先を向けてしまったのだ」

「それはいけませんね」

あぁ、やはり私も狙っているのね。彼女なら私を全力で潰そうとするかもしれないわ。

もし正妃となれば、権力を笠に着てやりたい放題かもしれない。

「彼女はサルタン殿下だけに異常に固執しているのだ。エリアナ嬢に危険が及ばないように陛下はエリアナ嬢は正妃に戻ることはないと改めて宣言された。だが問題のサルタン殿下は君に手紙を出そうとしたり、使者を出そうと試みているようだ。それが彼女を苛立たせる一因らしい」

「まったく迷惑な話ですね」

ルイ様の言葉にみんなが頷いている。

「そこで、だ。ルイとエリアナ嬢が仲睦まじくしている所を殿下に見せつけて、とことん彼の心を折ってほしい。同時に我が家からはアリンナ側妃が産んだ王子を守るため、侍女を送ろうと思っている」

「それは良い案ですね。エリアナの魅力を見せつけ、エリアナの全ては私のものだと周知するなんて愉快に違いない。考えるだけでも楽しみだ」

「公爵様、その侍女については我が家から侍女を出す方がばれにくいですわ。ファナという侍女は側妃になる時に王宮の侍女として我が家から差し出しておりました。アリンナも彼女なら信用していますし、王宮としても新たな侍女よりもずっと仕えていた者が良いと考えるでしょう」

「そうか、サラテ公爵家の侍女が付いていたのか。ならお願いしよう。残念ながらオフィーリアは平民になったので、侍女は付けられないが」

　オフィーリアを守りきるのは実質不可能だ。サルタン殿下の子を宿していれば警護の対象になっただろうが、生憎《あいにく》と全てを王家からの費用で賄えるほどではない。オフィーリアには自分で自分の身を守ってもらうしかない。側妃達の命より王太子の子を守る方が重要なのだから。

　ケイティーナ嬢が本格的に動いているのであれば急ぐしかないわ。

「エリアナちゃんっ、また来てね。毎日だって来ていいのよ？　エリアナちゃんみたいな娘がほしかったの。息子のお嫁ちゃん達もきっとエリアナちゃんを気に入ってくれるわっ」

「そう言ってもらえるだけで嬉しいです。ルイ様さえよければまた来ますね」

「我が女神、早く行きましょう。母に毒されてしまいます」

　そうして私達は大事な話をした後、父に伝えるため急いで家に帰った。

ルイ様の休みの日。

「お嬢様、グレイストン様がお待ちですよ」

「マリー、変じゃないかしら？」

「ふふっ、大丈夫、とてもお綺麗ですよ」

私は急いで玄関ホールに向かった。

玄関ホールではルイ様が私を見つけてにこやかに手を振っている。

「エリアナ、今日も美しいですね。地上に舞い降りた天使とピクニックへ行けるなんて幸せでしかありません」

「ふふっ。ルイ様、大袈裟ですわ。では行きましょう？」

私達は馬車に乗って近くの湖畔まで出掛けた。

もちろんサナと護衛のラナン、ルイ様の従者もしっかりいるわ。

「楽しみですね。サナはピクニックしたことあるかしら？」

「えー。私ですか？　ピクニックはもちろんないですよぉ。昔は森で野宿ばかりしていましたけどねぇ。年中野外キャンプですね」

「……そうだったわ。すっかり忘れていたわ」

「気にしなくてもいいのに。それでお嬢様に会えたんだから」

そう、サナは親に捨てられたようで数年間森で生活していたらしい。

たまたま領地の視察に来ていた私と会い、家に迎え入れられたのがきっかけで侍女となった。森で生活していただけあって身体能力がとても高く、暗部に気に入られ訓練も受けているの。いわゆる戦闘侍女。今のところ戦闘したことはないけれど。

「さぁ、エリアアナ。もうすぐ着くよ」

ルイ様の言葉でハッと窓の外を見る。

「ルイ様、湖が見えてきましたわ」

「さぁ、エリアナ。少しだけれど、ここから歩こう」

馬車は湖畔の少し手前で止まり、私はルイ様に手を引かれ、湖畔まで続く散策路を歩く。道や森は整備されており、慣れていない私でも楽に歩けるようになっていた。

そして散策路を歩いた先に小さな湖が現れた。

風もなく湖面は鏡のごとく周りの木々達を映していた。

「ルイ様！　湖の水が森を映しているわ。なんて素晴らしいの。こんなにも美しい風景を見たことがないわ」

私が感動しているとルイ様は微笑みながら肩を寄せる。

「あぁ、やはりエリアナと来てよかった。風景を見ているエリアナは一枚の絵に残しておきたいほど美しい」

「ふふっ。嬉しいですわ」

サナは敷布を広げてランチの準備をしている。

「お嬢様、準備ができましたよー」

私達は敷布の上に座り、クッキーやマフィンと共に紅茶をいただく。

「エリアナ、はい」

口の前に出されたクッキー。私は恥ずかしがりながらもパクリと口にする。

「ルイ様、美味しいですが、自分で食べられますわ？」

「ふふっ。エリアナ、ピクニックではね、こうして人に食べさせてあげるのが決まりなんだよ？　さあ、愛しい人」

「そ、そうなのですね。わかりました。ルイ様、ハイ、あーん」

私はルイ様にもクッキーを食べさせてあげる。

なんだか少し恥ずかしい。それでもルイ様と交換しながらクッキーやマフィンを食べた。

「お嬢様、知っておられますか？　ピクニックでは景色を見ながら、男性に膝枕をするのが定番なんですよ？」

「ええっ？　そうなの？　サナ」

ラナンはサナを小突いているわ。何か違うのかしら？　騙されている……？

「エリアナの膝枕かい？　それは素晴らしい。頼めるかな？」

「ええ、ルイ様、どうぞ……？」

私は疑問を持ちながらもルイ様に膝枕をする。

ルイ様の髪の毛はとても柔らかそうだわ。そっと撫でてみるとなんだか気持ち良い。ルイ様も気持ちよさそうにしているし、このまま撫でていたいわ。

私はしばらくルイ様に膝枕をした後、彼にエスコートされて湖の周りを歩く。

「ルイ様、私、幸せです。こんなにも幸せな時間を私にくださってありがとうございます」

ルイ様は立ち止まり、私と向き合った。

「正式な婚約者となってはいるけれど、今すぐにでも結婚したい。前回は君からの告白だった。私から正式なプロポーズがまだだったよね。エリアナ、一目見た時から貴女《あなた》に溺れている。君を幸せにしたい。私の妻になってほしい」

そうして目の前に差し出されたキラリと光る指輪。

「私、出戻りですが良いのですか……？　それに何もわからない世間知らずな女です。それでもいいと言ってくれますか？」

「もちろんだとも。良いに決まっているよ。私の女神」

ルイ様は指輪をそっと私の指に嵌《は》めた。

「ルイ様、嬉しいです。私、今まで生きてきた中で一番幸せです」

そうして私達は手を繋ぎながら帰宅した。

気恥ずかしさで邸《やしき》に入るのには少し気が引けたわ。

そして母は玄関でにこやかに待っていた。

「エリアナ！　その指輪……よかったわね」

母はとても喜んでくれている。どうやら皆、今日のプロポーズを知っていたみたい。

「お母様、ありがとうございます」

「二人とも、お父様が執務室で待っているわ。早く行きなさい」

母にそう促されて二人で父のいる執務室へ向かう。

「お父様、ただいま戻りました」

「入れ」

そうして入った父の執務室。

父は憮然としているが執事はにこやかに部屋に入れてくれた。

「エリアナ、本当に結婚してもいいのか？　ずっと独身のままでいてもいいんだよ？　婚約なんて今すぐ解消してもいいんだよ？」

父は何度も確認するように聞いてきたわ。

「お父様、私、ルイ様となら結婚しても良いと思いましたの。ルイ様は私を大切にしてくれる、そう感じました」

「……そうか、わかった。残念だ。だが、二大公爵家の婚姻となれば式は盛大にしなければな。一年後が良いか」

「義父《とう》さん、私は早く結婚したいです。半年後でお願いします。あぁ、あと入婿となるのですぐこちらに住みます」

「チッ。まぁ、仕方がない。認めよう。ルイ君、娘を頼んだぞ」

「もちろんですよ、マイダディ」

父の眉がヒクヒクしている。

執事は笑いを噛み殺しているわ。

そうして終わった父との話し合いで半年後に結婚が決まったわ。嬉しい。


父と話をしていた通り、ルイ様はすぐに数台の馬車と共に我が家にやってきた。

私は女公爵として、ルイ様は入婿として公爵家の勉強が始まったわ。

王家の失態が起こったために支える大臣や文官、騎士達はとても大変だと聞いた。

そしてその影響は我が家にも及んでいる。

お父様は陛下から懇願され、ルイ様のお父様と一緒に第二王子のラファル様の後ろ盾となるように動いているのだとか。

二大公爵が後ろ盾ともなれば、ほかの貴族達もラファル様の支持に回るのも確実だわ。

そして当のラファル様は、小さいながらも自分の立場がわかっていらっしゃるようで我儘を言わず受け入れているのだとか。

お父様達の考えはわからないけれど、きっと傀儡《かいらい》政権になるのでしょう。

でもそればかりは仕方がないわ。サルタン殿下のしでかしたことがあまりに大きすぎたもの。王家の信頼や求心力はかなり低下して貴族達の中では『離反もやむなし』だとぎりぎりまで言っていた様子。そんなことにでもなれば、他国に攻め込まれた時すぐに滅んでしまう可能性がある。

貴族達にしても戦争は望まない。公爵家が主導して王家の立て直しを図るのが最善とは言えないかもしれないけれど、今後の国の未来を考えてもこれしかないもの。

殿下の息子のシアン様はまだ小さい。

お父様から聞いた話ではグレイストン公爵家から乳母を派遣し、ラファル様と分け隔てなく育てているらしい。ラファル様も真っ直ぐに育っていけば良いと思う。

そして婿に入ったルイ様もやはり王家のやらかしの影響を受けているの。

普通なら仕事をやめて公爵家の仕事をするのだけれど、宰相から待ったが掛けられた。『優秀なルイに抜けられては困る』と。

当分は宰相補佐官と公爵家の仕事を兼務することになったわ。

もちろんルイ様はとても優秀だし、私も家の仕事は問題なくこなせているのでそう苦労はしないわ。

心待ちにするのは、二人の結婚式。

今回はサルタン殿下の四回目の結婚式。ケイティーナ嬢にとっては初婚で準備の時間は短かったけれど、侯爵家の財力で豪華な結婚式が行われた。場所は私が正妃になる時に式を行ったのと同じ教会。司教が前に立ち、参加者の私達は赤いカーペットを挟んで座っている。

流石《さすが》にこれだけ短期間で婚姻をする王族はサルタン殿下以外いないのではないかしら。貴族達も心から祝福、とはいかないようだ。

最前列にいるのは陛下と王妃様。そしてラファル様。通路を挟んでアリンナとシアン王子とオフィーリア。その後ろにはラダン侯爵夫妻がいる。

私達はその後ろの席。爵位の高い順に並んでいる。

係の者が声を張り上げると、楽団の音楽が始まる。

「新郎新婦、入場いたします！」

扉が開かれるとそこには満面の笑みを浮かべているケイティーナと表情をなくしたサルタン殿下が立っていた。

対照的な表情の二人に貴族達は驚いたに違いない。けれど、式は始まったばかりだ。二人を拍手で迎えた。

アリンナとオフィーリアは二人の入場に身体を向けて拍手を送っているが、アリンナは不満気な表情をしており、オフィーリアは何か苦しんでいるような、思い詰めているような複雑な表情をしているわ。何もなければいいのだけれど。

ケイティーナ達はゆっくりと司教の元へ歩いていく。

サルタン殿下は一点を見つめ、ケイティーナは自分のライバルとなる令嬢に対して不敵な笑みを浮かべている。それはもちろん私にも向けられていたわ。選ばれたのは『私』だと。

そうして一番前に立ち、司教の言葉を聞く。

「サルタン・ラジアント。貴女《あなた》は病める時も健やかなる時もケイティーナ・ラダンと共に助け合い、命のある限り真心を尽くすことを誓いますか？」

「……誓います」

「ケイティーナ・ラダン。貴方《あなた》は病める時も健やかなる時もサルタン・ラジアントと共に助け合い、命のある限り真心を尽くす事を誓いますか？」

「誓います」

「ではここに署名を」

二人は署名をし、参列者の方を向く。ケイティーナが微笑みサルタン殿下の腕を取ったその時。

「サルタン、さ……ま……」

オフィーリアがよろけながら二人の前に歩み出た。

突然のことに誰もが動けずにいる。会場は一気に静まり返り、参列者が固唾を呑んで見守っていると、オフィーリアは吐血し、倒れてしまった。

「オフィーリア!!」

サルタン殿下はケイティーナの腕を振りほどいて駆け寄り、オフィーリアを抱きかかえて叫ぶ。何度も何度も。

「死ぬな、死ぬな、オフィーリア。死なないでくれっ。愛しているんだっ」

泣き叫び、その悲痛な様子が会場に伝わる。

「オフィーリア様を一番近い治療院へ運べ」

騎士達は駆け寄り、サルタン殿下とオフィーリアを引き離して彼女を一番近い治療院へ連れていった。

「オフィーリアっ、……オフィーリア……」

サルタン殿下の悲痛な声とは違い、ケイティーナは鬼のような表情で憤慨している。

王妃様はラファル様を、アリンナはシアン王子の目を隠し、その場を見せないようにしている。

すぐに陛下と王妃様、ラファル様、アリンナ様、シアン様は騎士達により会場を後にする。

「どういうことなのよ!!　あの女めっ」

「サルタン殿下、ケイティーナ様。王宮へ戻りましょう」

騎士の言葉が聞こえてもサルタン殿下は呆然として動けない。

何人かの騎士達が応援に駆けつけ、抱えられながら会場を後にする。

その後ろをケイティーナが付いていく形となっていた。

「ルイ……」

「エリアナ、私達も一旦家に帰ろう」

「……そう、ですわね」

私達がそうして教会を出ようとしたその時、騎士団に会場が封鎖されていると気づいた。

「どういうことかしら？」

皆一様に戸惑いが隠せないでいる。

「お静かに！　ご静粛に願います！　皆様には今しばらくここでお待ちくださいますよう、お願い申し上げます」

第一騎士団の団長がそう声を上げた。会場のあちこちからなぜだ？という声が聞こえてくる。

理由を知らされないまま、閉じ込められているのに不快感を表わす貴族達。

私達は前列の方でオフィーリアが倒れた時に血を吐いたのを見ていたため、毒だとわかった。

騎士団は犯人の証拠隠滅を恐れているのだろう。あの時のオフィーリアは既に意識が混濁している様子だった。もしかしたら、もう亡くなったのかもしれない。

容疑は殺人に切り替わり、騎士達がいる前で側妃が倒れたとなれば信用失墜にもなる。そうならないように参列者には特に厳しく毒を所持していないか、今日の動きを聞かれるだろう。

「エリアナ、大丈夫だ。私達はすぐに呼ばれるだろう」

静かに様子を見守っている私達とは対照的にラダン侯爵は怒り狂っている様子。それはそうだろう。大事な娘の結婚式を潰されたのだから。

そうして一時間は過ぎただろうか。公爵位から順に会場を出る。

出てからは教会の一室で男女別に身体検査が行われる。

「エリアナ・サラテ様、所持品に疑う物はなし。お帰りください。長時間すみませんでした」

「いいえ、このようなことに何と言って良いやら。オフィーリア様の容態がよくなりますように」

私はそう告げてから部屋を出る。

部屋を出たところでお父様達と落ち合い、一緒に馬車に乗り込んで家に帰った。

「私とルイはこのまま王宮へと向かう。グレースはエリアナと邸《やしき》から出てはいけないよ。今は痛くもない腹を探られたくはないからね」

「えぇ、わかっているわ」

母と共に頷く。そうして私は自室に戻り、先ほどの疲れを癒やす。

「災難でしたね。連絡が来た時には驚きました」

「まさかオフィーリアがあの場で倒れるとは思わなかったわ」

「ファナは大丈夫かしら？」

私は心配でマリーに聞いてみる。

「ファナは大丈夫だと思いますよ。むしろアリンナ様とシアン様に盛られた毒を何度も阻止しているので疑われることはあまりないと思いますが」

「フラヴィを付けなくてよかったわ。あの子は影ではないから」

「そうですね。あの子がオフィーリア様に付いたままだったら処分されていたでしょう」

「お父様は頃合いを見てファナを引き上げるのかしらね」

「そうなるかと思います」

私は倒れたオフィーリアについて考えながら重い溜息を一つ吐《つ》いた。


父もルイ様も忙しいようで、連絡が来たのは一週間が経った後だ。

父もルイ様もやつれた状態で家に帰ってきた。どうやら徹夜に近い状態で騎士団と共にさまざまな対応をしていたみたい。まだ途中だけれど、しばらく家に帰っていないとルイ様が爆発して父がやむなく連れて帰ってきたという。

「あぁ、私の美しい妻。ようやく会えた。もう離さないし、離れはしない」

私が執務室へ入るとルイ様はすぐに私を抱き寄せて頬ずりする。

父がコホンと一つ咳ばらいをすると渋々私を離してソファへ座る。

が、私が隣に座ろうとした瞬間、私の腕をギュッと引き寄せた。

私は勢いのままルイ様の膝に座ってしまった。

「ルイ様!?」

「このままオフィーリアの話をしましょう」

ルイ様は真剣な表情だ。絶対に離さないとでも言わんばかりに腰に手を巻いている。

「まぁっ。妬けちゃうわね」

母はニコニコしているけれど、父はもう見て見ぬふりを決め込むようだ。

私も最初の間は戸惑って恥ずかしがっていたけれど、飽きもせずずっとこんな感じのルイ様に微笑ましさも覚えている。本当に私を好きでいてくれているのね、と。

「さぁ、時間もない。遊んでいないで話をする」

父の言葉に私はルイ様の横に座り、話を聞く態勢になる。

「先日のケイティーナ嬢との結婚式の件で、第二側妃であるオフィーリアが皆の前で血を吐き、倒れた。これは二人もその場にいたからもちろん知っているだろう？　その後、私達も王宮へ行き、どういう状況か確認していた。オフィーリアは毒を自分で服用し、その場に倒れたそうだ」

「自分で毒を飲んだ、のですか？」

「あぁ。彼女の部屋に日記が残されていた。ケイティーナが正妃になる代わりに側妃達に会わないと約束をしていたのだが、側妃達にはそのことを伝えられていなかったようだ。そして結婚式の前から王宮に入って執務を行っていたケイティーナが文官に毒入りクッキーをオフィーリアとアリンナに渡すように指示をしていたらしい」

毒入りクッキー。ケイティーナならやりかねないわ。

いつも共に仕事をしている文官から『執務お疲れ様です』とでも渡されたら食べてしまいそうね。

私にはいつもマリー達がいたから大丈夫だったけれど、後ろ盾のないオフィーリアには侍女が付けられていないのだもの。もちろん王族ではあるので、家族で食事をする際には必ず毒見役が付く。

だが、後宮はわからないというのが実情。きっとオフィーリアには毒見役が付けられていなかったのだと思う。なら彼女はどうして毒だとわかったのかしら？

「お父様、どうしてオフィーリアは毒入りクッキーを知っていたのかしら？」

「それはアリンナ側妃が教えたらしい。彼女が証言している」

どうやらファナがアリンナに彼女や王子の食事に毒が入っていると教え、アリンナが同じ後宮に住むオフィーリアに教えたのね。あの二人はまったく仲よくなかったと思うのだけれど。ケイティーナという共通の敵が現れて仲よくなったのかしら？　私はアリンナとオフィーリアの関係を不思議に思いながら話を進める。

「食事に毒が混ぜられていることを知って、クッキーを食べるのもやめたのですね」

「そうらしい。オフィーリアは後宮に入り、仕事もなくなった後、後宮外の誰かに知らせることも許されず、食事には毒が盛られている状況で日に日に弱っていったようだ。どうせ死ぬなら一矢報いてやろうと毒入りクッキーを保管し、ケイティーナの結婚式で、ということだ」

後ろ盾のない側妃が死を覚悟して抵抗できる手段とすれば、必然的にそういう考えになってもおかしくはないわ。ケイティーナも馬鹿よね、嫉妬に狂って毒なんか盛るからこういうことになるのよ。でも、ケイティーナの気持ちもオフィーリアの気持ちもわからなくはない。

ケイティーナはずっと好きだった相手とようやく結ばれても、見向きもされなかった。

あの頃の私も、ずっと辛かったのだ。

サルタン殿下と生涯共に支え合うと信じていたのに、側妃にだけ傾けた彼の心。相手を傷つけたいと思う気持ちもわかる。

オフィーリアのように自分がいつ殺されるかわからない状況になったら苦しくて、辛くて必死にどうにかしようと考えるもの。

私は急に不安になり、ルイ様を見る。

ルイ様は私の視線に気づき、微笑みながらギュッと抱きしめてくれる。

温かい大きな手。

私を大きな愛で包み込んでくれる。

「オフィーリアは亡くなりましたが、ケイティーナ様はどうなるのですか？」

「……そのことなのだが」

父は途端に渋い顔になった。

「今回はさまざまな貴族を巻き込む形となったオフィーリアだが、毒は元々ケイティーナがオフィーリアやアリンナを殺すために用意させたのだ。現にアリンナやシアン殿下はファナが防いでその都度私に報告をしていたからね。こちらが証拠を出せばすぐにケイティーナは捕まるだろうね」

「ファナがずっと侍女として入っていたことがばれてしまいますね」

「そうだね。だが、私達には王家に貸しがあるだろう？」

「オリバーの件ですね」

「あぁ、そうだ。監視役という名目で目を瞑《つぶ》ってもらう。それにファナがいたことによってシアン王子の命も守られたのだしね」

ケイティーナは第一側妃、第二側妃、王子の殺人未遂、といったところかしら。

後ろ盾がないとしても側妃は側妃。罪は重いわ。将来の王になるかもしれないシアン王子の殺人未遂も相当な罪になる。いくら正妃とはいえ、処刑は免れないかもしれない。

「私やルイが邸《やしき》に戻ってきた理由はそれだ。書類を取りに帰ってきた。ルイはついでだが、エリアナに会いたいと煩《うるさ》かったからね」

「私からエリアナを取り上げる輩は全て排除して構わない。燃えてしまえばいい」

ルイ様は疲れているようね。

私はそっと頬を撫でるとルイ様は落ちついたようだ。

微笑みながらまたギュッと抱きしめ返してくる。

その様子を見て父は眉を顰《ひそ》めているけれど、何も言う気はないらしい。今、王宮での父達の精神的疲労は相当だろう。それくらい目を瞑《つぶ》ってやろうという感じかしら。

「ケイティーナ様はこれからどうなるのですか？」

「どうだろうな。今はまだそのままだが、これから私達の持っていく書類で貴賓牢行きになるだろう。殺人未遂に第二側妃の自殺にも関与したとなれば、死刑かよくて北の塔に幽閉だろうね。ケイティーナが指示をしたとしても侯爵が毒を準備したのだろうから侯爵も捕まる。ラダンはきな臭い噂もあるし、叩けば埃が出てくる。家は取り潰しになることは間違いない」

「そうなのですね」

「エリアナ、ケイティーナを心配するより自分のことを心配してほしい。君は今最も狙われている一人なんだから」

我が家からの報告を上げたと知れば、ケイティーナやラダン侯爵からすれば我が家は自分達を潰す敵でしかない。自分達が潰される前に潰そうとするかもしれない。

「……そうですね。彼らは暗殺者をこちらに差し向けるでしょうね」

「あぁ。こちらとしても厳戒態勢を取るつもりだ。二人とも邸《やしき》から一歩も出てはいけないよ。それからオリバーのことも忘れてはいけないね」

オリバーはベレニスの家族と一緒に元気に過ごしている。

彼を人質に取り、脅すかもしれない。

「そうですね。警備を強化させて守らねばなりませんね。アリンナ様の様子はどうですか？」

「あぁ、彼女はオフィーリアのやることを知っていたようだが、止めはしなかったと言っていた。後宮に騎士達が入り、騒がしくしていたから気が立っていたようだったが、シアン王子が元気で過ごしていることを知り、今は落ちついているようだ」

私が倒れたあの日以降、アリンナは危険な側妃としてシアン王子を取り上げられた格好になった。アリンナはシアン王子と会えなくなったため、一時は手が付けられないほど暴れたらしい。それでもファナが再びアリンナの侍女になってからシアン王子の様子を毎日聞くことで落ちつきを取り戻したようだ。

オリバーには変わらず二週間に一度くらいの頻度で小さな宝石が欠かさず送られているという。宝石も貯まり、全て売れば質素にしていれば将来働かなくても食べていけるほどになったのだとか。彼女はやることが破天荒だけど、親としてはしっかりしていると認めるところね。

父達が王宮へ戻った後は母とこの邸《やしき》を守らねばならない。私も覚悟を決めなければいけないわ。

今後、予想される動きを父達と話し合い、父とルイ様は心配しながら王宮へと戻っていった。

それからひと月後、ケイティーナが貴賓牢に移されたと王宮から発表された。やはり側妃やシアン殿下へ毒を盛るように指示した殺人教唆《きょうさ》の罪と、オフィーリアの件は自殺幇助《ほうじょ》の罪に問われたようだ。

陛下が判断を行う予定だけれど厳しいものになるわ。

度重なる王家の失態に貴族達は離れようとしているもの。

ここで弱みを見せれば他国にも足元を見られる。

ケイティーナと同時に貴賓牢行きになったのはラダン侯爵も同じ。彼はケイティーナのために毒を用意したほか、人身売買、禁止薬物の取引などにも手を染めていたと判明した。

ラダン侯爵は捕まる直前に自分を調べた騎士団やグレイストン公爵家、サラテ公爵家に暗殺者を送り込んできた。

準備をしていたおかげで被害は少なく済んだのが幸いだった。

我が家が襲撃に遭った時、護衛騎士達は頑張ってくれたわ。

士気の高い我が家の騎士達のおかげで誰一人怪我することなく暗殺者を撃退できたの。

私はラナン達のおかげで、襲撃者を見ることなく済んだ。

捕縛された襲撃者と遺体は騎士と共に執事が王宮に報告をした際に引き渡されたわ。

そして執事からの報告で父様とルイ様が急いで邸《やしき》に戻ってきたの。


「美しい我が妻！　無事でしたか⁉」

ルイ様は私を見つけるとすぐにギュウギュウと抱きしめてきた。

「ルイ様っ、苦しいっ。私は大丈夫よ？　ラナン達が頑張ってくれたから」

「よかった。本当によかった。邸《やしき》が襲撃されたと知った時は心臓が止まるかと思った。もうこんな思いはしたくない。義父上《ちちうえ》、私は王宮へ戻らずにエリアナと共にいますっ‼」

ルイ様は私をギュッと抱きしめたまま、父に顔を向けて宣言している。

「邸《やしき》の者が無事でよかった。エリアナ、怪我はないか？」

「お父様、皆怪我もなく無事ですわ。ただ、お母様が襲撃のショックで気分が優れず今、侍女が部屋に連れていきましたわ」

「そうか。みんな無事でよかった」

「王宮の方は大丈夫だったのですか？」

「あぁ。騎士団の詰所にボヤ騒ぎがあって対処していた。その間に後宮に襲撃者が現れたが、王宮騎士によって排除されたよ。アリンナ側妃は無事だ」

「何もなくてよかったですね」

「……あぁ、そうだね」

父の表情はどこか曇っていたようだが、きっと気のせいだろう。疲れているのかしら？

「エリアナっ、本当に何もなくてよかったっ」

ルイ様は王宮に戻ってからもずっと仕事をしていたので、あまり会えなかったの。

襲撃があったことも加わり、抱きしめたまま離す気はないみたい。

「ルイ、そろそろ仕事に戻るよ」

「嫌ですっ。我が妻とこのまま領地に向かって静かに暮らします」

ルイ様はギュウギュウと私を抱きしめたまま、離したくないと父の言葉に抵抗している。

「わからなくもないが、それをするなら私達の方が先だろう。エリアナが公爵を継ぎ、私達が隠居する。私もそろそろゆっくりしたいからね。さぁ、そういうわけだから戻るよ。エリアナに怖い思いをさせた者達を放置していていいのかい？」

父の話に渋々手を離したルイ様。チッと舌打ちが聞こえた気がするわ。

「そうですね。この落とし前はきっちりとせねばなりません。私の愛する人、もう少しだけ待っていておくれ」

「えぇ、もちろん。待っています。無理はしないでね」

「あぁ、愛しき我が妻。すぐに片づけてくるよ」

そうして父とルイ様は邸《やしき》の被害状況や詳細を騎士や執事達から聞いた後、すぐに王宮へと戻っていった。

その一週間後、異例の早さで陛下から貴族達に通達があった。ケイティーナ妃とラダン侯爵の処分を行うと。きっと父やルイ様の仕事のおかげでこの早さになったのだろう。

彼は本当に優秀ね。


貴族達の召集が掛けられたこの日、誰もが緊張した面持ちで会場はどことなく落ちつきがなかった。

私は父と母と傍聴席へと座った。ルイ様は宰相の補佐として司会進行人の横で待機している。

時間となり、陛下や王妃、サルタン殿下が会場に入ってきた。

今回アリンナや幼い王子達は不参加となった。皆表情は硬い。

久々に見たサルタン殿下はやつれていて今にも倒れてしまいそうなほど。

オフィーリアの死が彼をここまで追い詰めてしまったのね。

ケイティーナは白い罪人用のワンピースを着て後ろ手に縛られた状態で中央の椅子に座らされる。

「元正妃、ケイティーナ・ラダン。第二側妃であるオフィーリア・ラジアントを自殺に追い込んだ罪。第一側妃並びに第二側妃、シアン王子殿下に毒を盛るよう指示した罪。決して軽くはない。将来の王を殺害しようとした罪は重い。本来なら断頭台に送るのだが、元夫サルタン・ラジアントにより嘆願が出ている。それを考慮し、最北の果てにある修道院にて永の預かりとする。この沙汰に異議がある者はいるか？」

陛下の言葉にざわつく傍聴席にいた貴族達。ざわつきはするが反対意見は出ない様子。サルタンは嘆願を出したのは意外だと思ったわ。私はざわつく会場で一人静かに固唾を呑んで見守る。

「反対する者はいないようだ。ケイティーナ、最後に何かあるか？」

「……サルタン殿下、ずっと、ずっとお慕いしております。私が、嫉妬に狂った、ばかりに、ごめんなさい」

ケイティーナな泣きながら小さな声で謝罪の言葉を口にした。

そのまま彼女は騎士達に連れられて会場を後にした。

彼女は最初から最後までサルタン殿下ただ一人を想っていた。

何とも言えず複雑な思いに駆られる。彼女がずっと殿下を想っていたのは有名だった。

それを知っている貴族達も私同様に複雑な想いかもしれない。

そうして彼女が去った後、連れてこられたのはラダン侯爵。侯爵は暴れたのか髪の毛が乱れ、後ろ手に縛られていた手は赤く血が滲《にじ》んでいる。

ケイティーナと違い暴れていたため猿轡《さるぐつわ》をされていたが、中央の椅子に座らされ猿轡《さるぐつわ》を外された。

すると、陛下は厳しい表情で侯爵に話し掛けた。

「ラダン侯爵、お主ならサルタンの後ろ盾としてほかの貴族を上手く纏《まと》め上げてくれるだろうと信じていたのだがな。残念だよ」

「何を言っているのか？　私は無罪だ！　何も悪いことはしていない！」

ラダン侯爵は唾を飛ばしながら興奮し、声を荒らげている。

しかし、陛下を含め、宰相や貴族達は冷たい視線で彼を見ている。

「ラダン侯爵、傘下であった貴族達は漏れなく捕まえた。皆、刑を軽くする代りにいろいろと話をしてくれたのだよ。おかげで証言も証拠も十分なほど出てきた」

「嘘だ！　私は陥れられただけだ！」

「ケイティーナに渡した毒はどうだ？」

「知らん。そもそも渡してもいない」

「……あくまで白を切るつもりか。ケイティーナが執務室に行っている時に毒入りクッキーを渡しただろう？　あの毒は侯爵家が王都のスラム街にあるジョルジョアの店で取引したのだろう？　領収書も侯爵家の金庫から出てきた。オフィーリアが飲んだ毒とその店で買った毒の成分も一致。ケイティーナも証言しているし、オフィーリアに渡したとされる文官も証言しているぞ？」

「嘘だ！　ケイティーナには何も渡してなどいない」

「ほかにもあるぞ？　まぁ、挙げていけばキリがない。人身売買、薬物売買、他国へ情報を売る。傘下の貴族への脅迫もある」

陛下はそう言った後、席に着いた。

代わりに宰相がラダン侯爵の行ったことの詳細と証拠を話しながら提示していく。

積み重なる証拠にラダン侯爵の顔色はどんどん悪くなっていった。

「嘘だ！　私は、陥れられたんだっっ‼」

立ち上がり、唾を飛ばしながら叫ぶ姿。

騎士は騒ぎ始めたラダン侯爵を押さえつけた。

侯爵が暴れ、数人の騎士達で取り押さえている間に陛下は立ち上がった。

「もう良い。では罪状を言い渡す。ラダン侯爵。侯爵位剥奪の上、毒杯に処す。残念ながらほかの貴族から嘆願はされておらん。では、連れていけ」

ラダン元侯爵は叫んでいたが、猿轡《さるぐつわ》を噛まされて騎士達に引きずられるようにして会場を後にした。ラダン元侯爵が去った後の会場はざわついたけれど、陛下はコホンと一つ咳払いをすると会場は一斉に静まり返った。

「元正妃ケイティーナが側妃オフィーリアの殺害に関わったこと、一連の事件は王家の存続を揺るがす事件となった。多くの貴族を巻き込み、すまなく思う。その引き金となった王太子サルタン・ラジアントは王の器ではない。サルタン・ラジアントは廃太子とする。次の王太子となるのは第二王子であるラファルかサルタンの息子であるシアンだが、より優秀な方が王太子になるとする」

陛下の言葉に会場がざわめきだす。

確かにサルタン殿下のせいではないとはいえ、責任は重い。

父達のことだ、全てが整い次第、陛下も早々に引退してもらうのだろう。

私達はそうして邸《やしき》へと戻った。

ようやく一段落ついたみたい。

父やほかの公爵位の貴族達は処刑を見届ける役目があるらしく、王宮へとんぼ返りとなった。

上位貴族が見届け人の役目を負っているその理由は、同じ貴族が処刑される苦しみを実感し、自分達が持つ影響力を行使し、国に反旗を翻さないようにするためなのだとか。ずいぶんと昔にできた決まりごとらしいが、いまだに続いている。過去に女公爵が立ち合いを拒否したらしいが、父やほかの貴族も公爵位という責任を感じるため特に拒否はしないようだ。

王家のスキャンダルに対応するために、長い間王宮で忙しくしていたルイ様が帰宅した際、詳細を聞くことができたわ。

ラダン元侯爵は毒杯を賜わり、静かにその生を閉じた。

ケイティーナは長かった髪を切り、最北の果てにある修道院へ向かった。彼女は黙って全てを受け入れた様子だった。

そしてサルタン殿下はケイティーナの最後を見送った後、抜け殻のようになってしまったらしい。

廃太子にされた後も王子としての仕事はあるため、執務はしているが、ルイ様が言うには魂が抜け落ちまるで機械人形のようだったと。

感情もなく、ただ早朝から夜中まで執務を行うだけの毎日を送っていたのだとか。

王宮医師は精神的な疲労が彼の心を壊したのだろうと判断し、執務の停止と静養を進言した。

数日の静養では元に戻らないと考えられたため、北の塔へ住まいを移すことになった。その昔、北の塔は王族の幽閉のために建てられた塔だったようだ。今は改装されて質素な部屋になっている。

彼は塔で一人静かに過ごしているらしい。

王子としての役割も果たせず、廃嫡も考えられていたのだが、本人がこのような状態で王子として生きていくことは不可能なためそれには及ばずと判断されたようだ。

国民向けに陛下から『サルタン第一王子は重篤な病を患い、公務には出ることが難しい』と発表された。

アリンナはどうなったかというと、自分の意思で後宮から出ると決まった。

そのことが決まってすぐに、父宛に彼女から手紙が届いた。オリバーを引き取りたいと。

もちろん父は当初反対をしていたわ。住む家も生活の術もないアリンナに息子を返したところで野垂れ死になるのではないだろうかと。

けれど、彼女は結婚前からサルタン殿下から貰った宝石やドレスを全て売り、そのお金で家を王宮の敷地内に建てることが許されたの。本来ならシアン王子の母として後宮にそのまま住み続けても良いらしいけれど、将来ラファル王子やシアン王子の妃が後宮に入る可能性を考えて出る決意をしたみたい、表向きは。内情としては後宮にいると維持費が掛かる。いつまでも男爵家にお世話になれないと彼女なりに思ったらしい。

彼女はずっとオリバーを気に掛けていた。後宮では彼と住むことは叶わない。そのため後宮から出る決意をしたようだ。ドレスや宝石を売れば平民なら余裕で暮らしていけるほどの金額になっている。僅かながら側妃手当も貯めていたようだ。

なぜ王都に家を建てられなかったのかといえば、身分は低くてもシアン王子の母親だからだ。王都は治安が良いとはいえ、人質として捕まってしまう可能性があった。警備のことを考えても王宮の敷地内で建てた方が都合が良い。

家が完成し、オリバーを迎える準備が整った時、父に先触れを出し、我が家にアリンナがやってきた。彼女は今までなら考えられないような質素なワンピースを着ていた。尊大な態度はまったく見られなかったの。執務室で父と二人で話をしていたのだけれど、どうやらあのアリンナが父に頭を下げてオリバーを引き取りたいと何度も願ったようだ。

これからの暮らしについてや、オリバーが大きくなった時のことを話した上で、父はオリバーをアリンナの元に戻すと決めたようだ。

そうしてアリンナは自分の家でオリバーと暮らせるようになった。

そして彼女は子供を抱きながら、毎日サルタン殿下の元へ会いにいっているのだとか。何も言わないサルタン殿下に毎日オリバーの話やシアン王子の話をしながらお世話しているらしい。

私が妃をしていた頃からずいぶんとアリンナは変わったかのように見えるけれど、学生の頃から強かに生きていた彼女にとっては素がこうなのかもしれないわね。

今までは子供だったせいか、王宮で身分が保証されていたせいかはわからないけれど、我儘いっぱいだった彼女。けれど、彼女も母となって強くなったのかしら。なんだかんだとサルタン殿下の元に通う彼女は今でも殿下に愛情があるのだろう。

私も人から愛されることを知り、こんな事件が起こって初めて彼女の一途さを知ったわ。

私には真似できなかった。いつも自分のことばかり考えていたと思うの。

でも、今なら彼女の気持ちを少しは理解するわ。

私もルイ様という愛する人が側にいてくれる、愛を囁《ささや》いてくれる。

相手から愛される素晴らしさ、幸福で満たされる気持ち。

落ちついたら彼女に会いにいこうと思う。

エピローグ

ルイ様の仕事が落ちつき、公爵家に毎晩帰ってくるようになった。

彼はいつも私を甘やかしてくるの。膝の上に乗せてキスをしたり、ギュッと抱きしめてくれる。

彼がこうしてくれるから私は幸せで涙が出てくる。

「エリアナ、どこか痛いのかな?」

「痛くはないです。ただ……」

「ただ?」

「こんなにも幸せでいいのかなって。幸せすぎて、苦しくて、涙が出てしまうのです」

「!!　嬉しくてどうにかなってしまいそうだ」

ルイ様はギュウギュウ抱きしめてくる。


こんな日々が三か月続いたある日の休日。

いつものように二人の寝室でお互い密着しながら本を読んでいると、胃に不快感を覚えた。

「エリアナ、どうしたんだ?」

私の様子をすぐに察知したルイ様が心配そうに声を掛けてくる。

「いえ、少し、気持ち悪くて。先ほど食べた食事のせいなのかしら……」

何か変わった物を食べたわけではないのに、と思いながら先ほど食べた食事を思い出していると。

「毒かもしれない！　まだエリアナを狙う奴が邸《やしき》に紛れ込んでいるのか！　すぐに医者を」

焦った様子のルイ様はパッと立ち上がり、部屋の外にいる護衛を呼びつけた。

「ルイ様、エリアナ様、いかがなされましたか？」

「エリアナに毒が盛られたかもしれない！　すぐに、すぐに医者を呼んでくれ！」

「!!　か、畏《かしこ》まりました」

「ルイ様、大袈裟よ。少し気持ち悪いだけよ？」

「愛する妻の体調不良は私の一大事。ほんの少しの可能性も排除してはいけない」

ルイ様は医者が来るまで落ちつかず、ずっと私を抱きしめて心配そうにしている。

「エリアナ様、マートン医師を呼んでまいりました」

「すぐにここへ呼んでくれ」

ルイ様は落ちつかない様子だったけれど、マートン医師が来てホッとしているようだ。

「エリアナ様、毒を盛られたと聞きましたが、大丈夫ですかな？」

マートン医師は急いで来てくれたのだろう、息を切らしている。

ルイ様が心配して急ぐよう言ったとはいえ、なんだか申し訳ないわ。

「マートン先生、邸《やしき》の者が急かしてごめんなさい。でも私は大丈夫です。ただちょっと気持ち悪くて……」

「そうでしたか。どれ、診てみるか。エリアナ様以外は部屋を出るように」

侍女や護衛は先生の指示に従って部屋を出るけれど、ルイ様だけは私の側を離れない。離されまいとしている。

「ルイ様、心配なのはわかるが……」

ルイ様はマートン医師の言葉を聞いていないかのように更に私にピタリとくっつき出す。

その様子を見てマートン医師も苦笑するしかないようだ。

「ルイ様、少し席を外してもらってもいいかしら？」

「駄目です。我が妻に何かあったらと思うと気が気ではない。一時も離れたくない」

「ルイ様、大丈夫です。少し診るだけですから」

ルイ様の嫌がる様子をどこからか見ていたのか、サナが扉を開けて入ってきた。

「若旦那様～。それじゃお嬢様に嫌われちゃうよ～。毒は入っていないから心配しなくてもいいよ」

「だがっ、妻が心配なんだっ、サナ！　やめてくれっ」

「先生、終わったらそこのベルを鳴らしてね。すぐに来るから」

「あぁ。わかった」

ルイ様は残念ながらサナに部屋から押し出されてしまった。

「先生、ルイ様がごめんなさいね」

「エリアナ様が好きで好きで仕方がないという感じですな」

「ふふっ。本当に」

「あの頃のエリアナ様はとてもじゃないが見ていられなかった。ルイ様が王宮からエリアナ様を救い出してくれて、本当によかったと思っております」

マートン医師の言葉で私は思い出す。食事も満足に摂れないほど仕事ばかりしていたわ。サルタン殿下とアリンナの幸せそうな姿を見せつけられていつも心がすり減っていた。

今では言われなければその頃なんて思い出さないほど、幸せな毎日を過ごしている。

「先生、今、私、幸せだわ。この幸せが怖い。またあの頃に戻ってしまうんじゃないかって」

「それは大丈夫でしょう。エリアナ様一筋で有名ですから。この間、久々に宰相に会ったのですが、ルイ様が仕事を早々に終わらせてすぐに家に帰ろうとするとぼやかれていました。元々優秀だったが、エリアナ様を妻に迎えてから、家に帰るためだけに仕事を手早く片づけてしまうのだとか。勤務の時間内でも帰ろうとするのを引き止めるのに必死だと言っていました」

長い間共に仕事をしてきた宰相にとってルイ様は自慢の息子のような存在らしい。

きっちりと仕事をするルイ様を思い出してクスリと笑ってしまう。

そしてマートン医師は雑談をしながら触診し、最近の私の様子を聞く。

「エリアナ様、お月のものはここ最近来てはいないのではないですか？」

「……そういえば、そう、かもしれないわ。先生、私は何か病気なの？」

先生の言葉に私は不安を覚えながら聞いた。

すると、先生は聴診器を外しながら微笑み答える。

「これはルイ様と一緒に聞いてもらわねばいけませんね」

先生はすぐにベルを鳴らした。

するとベルと同時にルイ様が部屋に入ってくる。扉の前で待っていたようだ。

「ルイ様、こちらへどうぞ。エリアナ様の横へどうぞお掛けください」

ルイ様は心配そうに私の肩を抱き、寄り添ってくれている。

「エリアナ様の症状については毒ではないでしょう。エリアナ様はご懐妊されております。ルイ様、おめでとうございます」

……懐妊？

一瞬、何を言われたのかわからなかった。

「まだ流産しやすい時期ですのでゆったりと過ごしてください。あと、私は医師であるので出産には産婆が必要です。腕のいい産婆に私の方から連絡しておきます」

医師の言っていることは本当なの⁇　まさかマートン医師の冗談なの？

ニコニコと微笑みながらそう言ったマートン医師の言葉の衝撃が強くて、上手く呑み込めなかった。

マートン医師の話を噛み砕いて少しずつ理解していく。

もしかして……。本当？　冗談ではないのかな……

じわじわと溢れる喜び。

私と同じように固まっているルイ様が気になった。

ルイ様はもしかして私との子供を喜んでいないのかしら……

嬉しさと同時に『要らない』と言われたらどうしよう、泣きそうになる。

「ルイ様……？」

ずっと動かないルイ様に心配になって声を掛けた。

すると彼は突然私をギュッと抱きしめた。

「嬉しい、嬉しいよ。嬉しい。あぁ、奇跡だ。なんてことだ、すぐにお祝いしよう。あぁ、美しい我が妻に子供ができたのだ。妻の側を離れるのはよくない、仕事なんてやめてすぐにでも公爵補佐になろう」

いつにもまして興奮しながら早口で捲《まく》し立てるルイ様。

これにはマートン医師も笑っている。

先ほど感じた不安は彼の言葉で消え去ったと気づいた。

あぁ、よかった。私は本当に彼から愛されている。幸せが私を包んでくれる。

「こうしてはいられない。まず、ダディに連絡しなければいけませんね。私の父にもしなければいけない。あぁ、あと宰相にも一応連絡しておきますか。憂鬱ですが。あぁ、でもここから私は動けないから……。サナ、私の代わりにダディへ連絡を。執事を呼び、グレイストン公爵へも連絡するように。宰相は後からで構わない」

サナはいつもなら『いいよー』とか『わかったー』と曖昧に返事をするのだけれど、この時は違ったようだ。

「畏《かしこ》まりました。すぐに大旦那様に連絡してきます。私が席を外す間、別の侍女を寄こしますのでしばらくお待ちください」

彼女はにこにこしながら一礼をして部屋を後にした。

「エリアナ様、今は無理な運動やストレスは避け、ゆったりと過ごしてください」

「ありがとう。マートン先生、そうするわ」

「あと、ルイ様。エリアナ様に付き添うのは良いですが、少しはゆっくりさせてあげてくださいね」

「もちろんです!!」

マートン医師はにこやかに診察道具を片づけて邸《やしき》を後にした。

そこから邸《やしき》は大変な騒ぎになった。

「エリアナ、貴女《あなた》妊娠したって本当?」

お母様がすぐに部屋へやってきた。母は笑顔で私を優しく抱きしめてくれる。

「おめでとう。よかったわね。ふふっこれで私もおばあちゃんね」

「お母様、まだできたばかりですもの気が早いです」

母もなんだかんだと浮かれていてこれを用意しなくっちゃ、あれを忘れてはいけないわと既に心は出産後の子供のことを考えているみたい。たまにルイ様が母に名前の話題を出したり、女の子だったら〜、男の子だったら〜と二人で仲よく話している。

「もうお母様もルイ様も。まだ生まれていないわ」

「嬉しくて仕方がないんだ。だって君との子供だよ？　そうだ！　料理長にエリアナの食事も別に作ってもらおう。マリー、料理長に話をしておいてくれ」

「畏《かしこ》まりました」

マリーもニコニコと笑顔で返事をしている。

そして母と三人で話をしていると、父が仕事から戻ってきた。

「エリアナ!!　無事か!?」

父は私が毒を盛られたと聞いたのかしら？　確か今日父は王宮へ行っていたはず。マートン医師を呼んだ時に父にも使いを出したのかもしれない。

「お父様。私はこの通り、無事ですわ」

焦る父とは対照的に母もルイ様もニマニマしながら父を見ている。

父は二人の表情やマリーを見て不思議そうにしている。

「毒を盛られたと聞いていても立ってもいられず、王宮から帰ってきたんだ。マートン医師はなんと言っていたんだ？」

「マートン先生からは無理はしないようにと話がありました」

「毒だったのかい？」

「あなた、エリアナに子供ができたそうよ」

母が父にそう告げると父は一瞬止まったけれど、すぐに笑顔になった。

「エリアナ！　おめでとう！　すぐにお祝いをしなければいけないな。ルイ、宰相が心配していた。連絡しておいてくれ」

「義父上《ちち》、大丈夫です。既に連絡を入れてあります。グレイストン公爵家にも使いを出すよう手配済みです」

「そうか。ならひと安心だな。いや、ルイ、君はずっと子供が生まれるまでエリアナに付き添う気だろう。明日からはしっかりと仕事に行くように護衛に伝えておく」

「!!　義父上《ちち》！　いえ、マイダディ！　すぐに公爵を隠居してください。宰相補佐官をやめて私が全て公爵家の仕事を行います。エリアナと二人でこの公爵家を盛り立てていきますから、問題ありませんっ！」

「そう言うと思っていたよ。安心していい、私達はまだまだ元気だ。宰相もルイのことをよ〜くわかっているから安心していい。ルイの席は当分埋まることはない」

「グッ」

相変わらずルイ様は少し悔しそうだ。そんな二人のやり取りを見て母もクスリと笑っている。我が家ではいつもの光景ね。

もちろんルイ様が本気を出せば、私がすぐにでも女公爵になって公爵家の収益を倍増させることくらいは簡単にやってみせると思うの。

父と母もそれはわかっているけれど、まだまだ新婚の私とルイ様の二人の時間を作ってあげたいと思ってくれているみたい。ただ、王宮の方でいろいろあったからルイ様が家でゆっくりする時間はあまり取れていないけれどね。

そこからは父はルイ様を引きずるように執務室へ連れていってしまった。

母も笑いながら『ゆっくり休むのよ』と言って部屋を出た。残されたのは私と侍女のマリー。マリーはいつもとは違うお茶を慌てて用意してくれたようだ。

普段飲むことのないハーブティが出された。

「マリー、今日はいつものお茶と違うのね」

「エリアナ様、気持ちが悪い時に飲みやすい物を用意しました。つわりがひどければ別の物を用意します」

私は香りを楽しんだ後、口を潤す。

「これなら大丈夫そう。でも、怖いわ。子供ができたのは嬉しいの。なんていえば良いのかわからないけれど、幸せな気持ちがずっと湧き上がる感じなの。でもね、今までアリンナを目の前で見ていて私も彼女のような強い母になれるのか、子供を愛せるのか心配になってくるの」

「エリアナ様、そんな心配は無用だと思います。王宮での環境がとても悪かっただけです。若旦那様の必要以上に強い愛に包まれているエリアナ様は大丈夫です。それにアリンナは今、子供と暮らしていて前ほど尖ってはいないそうですよ。最低限の金銭に困ることもないし、煌びやかな衣装を着て他人を蹴落とす社交界に出ることもない彼女は本来の姿に戻ったのかもしれませんね。オリバーも礼儀正しい素直な子供に育っていると言っていました。シアン王子もたまにアリンナの家で過ごしているようです」

「そうなのね。王宮って怖いところよね。今、こうして私が幸せなのもルイ様がいてくれるから、ね。今度、アリンナに会ってみようかしら」

「それは良いかもしれませんね」

私は不安をマリーに話して少し気持ちが楽になった。

そうね、ルイ様はいつも私の側にいてくれる。何も不安になることはないわ。

そうして私は邸《やしき》でゆったりと過ごす日々が続いた。幸いなことにつわりも軽く済んだ。天気の良い日は庭へ出てお茶をしたり、母と刺繍をしたりしている。日に日に大きくなるお腹に子供がいると実感し、幸福感に包まれる毎日。

ある日、安定期に入ったので、アリンナに会いにいこうと思い立った。

「マリー、アリンナに会いにいってみるわ」

「では先触れを出しておきますね」

「えぇ、お願い」

私はマリーとカインを連れて王宮に向かった。

久々に乗る馬車はクッションが敷き詰められていて揺れを感じにくくなっていた。

「クッションが替わっているわ。とても座りやすくていいわね」

「若旦那様がエリアナ様のために馬車を改造したようですよ。馬車の車輪にも揺れを軽減させるような物が付いていると聞きました。相変わらずエリアナ様への強い愛を感じますね」

「ふふっ。そうね。帰りにルイ様に会ってから帰りましょうか」

「承知いたしました」

馬車は王宮に入り、私達はゆっくりと敷地の端にあるアリンナの家に向かった。いつも邸《やしき》で中庭くらいまでしか歩かなくなったせいか何度か立ち止まり、休憩しながらになってしまう。

だめね、これでは元気な子供を産んであげられないわ。毎日歩いて体力をつけないといけない。

従者達の寮を抜けて騎士団の訓練場を通り、アリンナの家へとやってきた。彼女の家は二階建てで平民よりは大きく、貴族が住むには小さな家だった。後ろには彼女が育てているであろう畑の植物が見えている。

少し前の彼女からは想像もつかない。扉をノックするとファナが扉を開けて出迎えてくれた。

「ようこそ我が家へ。あら、エリアナ様、妊婦なのね。無理はいけないわ。そこに座って？　馬車乗り場からここは遠かったでしょう？」

アリンナは私を見てすぐに妊婦だと気づいたようだ。彼女は以前とは大きく違い、長かった髪を肩で切り揃え、庶民が着るような質素なワンピースを着て自らお茶を淹れようとしている。

「アリンナ様、私が淹れます。座ってください」

ファナはそう言って茶器をアリンナから取り上げて、私の向かいの椅子に座るように促している。アリンナもファナが言うことには逆らえないようで笑いながら椅子に座っている。

「何もないけどゆっくりしていってちょうだい？　それにしてもここへ来るなんてどうしたの？」

アリンナは今までのことが嘘のようにゆったりと過ごしているようだ。言葉遣いも声も穏やかになっている。彼女は彼女なりに王宮内ではストレスを抱えていたのかもしれないわね。

「オリバーは元気にしているかと思って。アリンナ様、王宮から最低限の生活費はまだ出ているでしょう？　どうしてこんなに質素な暮らしをしているのかしら？」

私は思っていたことを単刀直入に聞いてみた。サルタン殿下は病気のため塔に入っているけれど、廃嫡されてはいない。アリンナとも離縁をしていないから最低限のお金は支払われているはずなのに。

「えぇ、貰っているわよ？　でもね、サルタンが元に戻ったら廃嫡されてもおかしくはないでしょう？　彼は王都に放りだされたら生きてはいけないわ。私は彼の病気が治るのを待っているの。ここで彼と慎ましやかに暮らしていくつもり。出ていかないといけなくなっても、それまでのお金を貯めていれば王都でも何不自由なく暮らしていけるわ。良い考えでしょう？　それにここにいればたまにだけれど、シアンも来るの。いつもは会えないけれど、会えると思えば、ね。追い出されるまで住むつもりよ」

アリンナはアハハと口を大きく開けて笑いながら話をする。カラリとした笑いに側妃という身分にはもう興味がないのだと感じたわ。そして今後のサルタン殿下の進退も考えている。

あの頃の私なんかよりもずっとずっとサルタン殿下を愛しているのね。

あの当時、もし、アリンナがいなくてサルタン殿下が廃嫡されるとなったら私は彼に付いていけるのか？　答えはノー。私はこれでも公爵令嬢として育ってきた。彼と一緒に平民になってもいいと口では言えても現実として難しい。

「今、サルタン殿下の具合はどうなの？」

「うーん。人形のような感じかしら？　彼に会ってみる？」

アリンナはなんでもないような感じで私に聞いてきた。

塔でアリンナがお世話をしていると報告があっただけで、彼の状況はあまり耳に入ってこない。きっと父やルイ様が知らせないようにしているのだと思う。

私はマリーに視線を送ると、マリーは構わないと言うように一つ頷いた。

「……そうね。元夫の現状くらいは確認してもいいと思うわ」

するとアリンナは立ち上がり、階下からオリバーを呼ぶ。すると二階の部屋から返事と共にバタバタと走ってくる子供。

オリバーは私を見るなり姿勢を正して挨拶をする。

「こんにちは、おねえさん。ぼく、オリバーです。ママ、サルタンおじさんのところにいくんでしょう？」

オリバーは幼いながらもしっかりと躾《しつ》けられている。

アリンナはそんなオリバーの手を取った。

「そうよ。オリバーも行きましょう。今からこの人達もサルタンに会いにいくの」

「うん、わかった！」

アリンナにギュッと抱きついた後、私達を見て少し恥ずかしそうにしているわ。

「サルタンの昼食も持っていかないといけないわ」

「ママ、タオルもしっかり持ったよ」

アリンナはそう言ってキッチンに行ったかと思うと、トレーに載せた食事を持ってきた。オリバーは棚からタオルを取り出して抱えている。

「アリンナ様、食事は自分で作ったのですか？」

「えぇ、そうよ？　男爵令嬢だった頃は使用人を一人しか雇えなかったから、料理は自分達でやっていたの。美味しそうでしょう？　実際、美味しいわよ」

アリンナはふふっと屈託のない笑顔を見せた。王宮では見たことのない笑顔。

彼女は本当に幸せなのね。

小さいうちに我が家に連れてこられたオリバーは今、四歳を過ぎた。しっかりとしているのね。そうして家を出た時にオリバーは私に『こっち、こっちだよ』とニコニコしながら手を引いてくれる。アリンナは『危ないからやめなさい』なんて言っていて、本当に母親なんだなと関心してしまったわ。

そして私達は塔に入る。何かあってもいいように私の前にはマリーが、後ろにはカインが付いてくれている。身重で階段はキツイわね。カインに支えられながらサルタン殿下の部屋の前までやってきた。アリンナとオリバーはというと、ガチャリと鍵を開けて部屋に入る。

「サルタン、今来たわ。今日はね、貴方《あなた》にお客さんが来ているの。エリアナ様、入ってきて？」

「アリンナ様、私の名は呼び捨てでいいわ。アリンナ様は王子妃なんですもの」

「そ、そうね。では平民に戻るまでの間はそう呼ばせてもらうわ」

アリンナとそう話をした後、私は部屋の中へと入る。そこは質素な部屋。ベッドの横にテーブルが置かれ、本棚とクローゼットがあるだけ。華美な装飾はない。その奥には扉が一つあるが、そこはトイレやシャワーが設置されているようだ。ベッドには窓をジッと眺めているサルタン殿下の姿があった。

アリンナの呼びかけに反応していない様子。

「エリアナ、疲れたでしょう？　椅子に座ってちょうだい」

「ありがとう。座らせていただくわ」

アリンナがベッドの前に持ってきた椅子に座る。

サルタン殿下は私達がいても振り向きもせず、ただボーッとしている。

「アリンナ様、サルタン殿下はいつもこういう感じなの？」

「そうよ。心が疲れ切ってしまったのですって。だからこうして心が癒えるのを待っているのよ」

「……そう、なのね」

心が疲れ切っている。アリンナの言葉は私に重く響いてきた。王宮にいればさまざまな話が聞こえてくる。良いことも悪いことも。

自分だって辛くて、苦しくて、逃げたくて、心が壊れてしまいそうだった。ルイ様がいたから、こうして今の私がいる。でも、彼はオフィーリアを亡くしたわ。愛する者の死がきっかけになったのだろう。

「でもね、私達の声は聞こえているみたいなの。たまにね、私やオリバーが話し掛けるとピクリと動くの。あぁ、聞こえてるんだわって。だからこうして毎日話し掛けているの。少しずつ反応が増えているからサルタンはそのうち元に戻るわ」

「ママ、タオルを濡らしてきたよ」

「オリバー、ありがとう」

アリンナはサルタン殿下の顔を濡れたタオルで拭いた後、ナプキンを首に掛けて一口ずつ殿下の口元へと持っていく。唇にスプーンが当たると口を開けて食べ物を咀嚼《そしゃく》している。ゆっくりと食事を口に運ぶアリンナ。

聞くと、こうして食事を終えた後、トイレに連れていったり、シャワーを浴びたりするんだそう。ボーッとしているとはいえ、アリンナがいない時にトイレはどうしているのか聞いてみると、自分でトイレにだけは行っているみたい。ただアリンナがいる時には彼女が全て介助しているのだとか。

私はこれ以上口を開かなかった。いや、開けなかった。こうして介助しているアリンナとサルタン殿下の間には確かな絆があるのだとわかる。オリバーだってサルタン殿下のために懸命に手伝っている。私は彼らを見て思う、ルイ様とお腹の子のことを。

私は全てを投げうってでもルイ様と子供を守りたいと思ったの。

「アリンナ様、今日はありがとう。正直、不安だったの。私は王宮のことしか知らないから。でもこんなにもオリバーやサルタン殿下に愛情を向けているアリンナ様の姿を見て、私も覚悟ができたわ。今日、ここに来てよかった」

私はそう言うと、アリンナは少し驚いた顔をしていた。その後にフッと笑顔に変わっていた。

「そう。何に悩んでいたのかは知らないけど、解決したのならよかったんじゃない？　子供はいいわよ～。こんな馬鹿な母でも一心に心を向けてくれるもの」

そう言ってアリンナはオリバーに視線を向けている。その視線はとても優しいもの。

「これ以上はお邪魔になるし、そろそろ行くわ」

「大丈夫？　塔を上ってきたのはいいけど、下りられる？」

「マリーもカインもいるから大丈夫よ。休みながら馬車まで行くわ」

「……妊婦なんだから気をつけなさいね」

「えぇ。ありがとう」

私は塔からゆっくりと出た。なんだか風が心地いいわ。

「マリー、このままルイ様のところに行ってもいいかしら？」

「若旦那様なら前触れを出さなくても大丈夫だと思います。今日の予定は宰相の部屋で執務をしていると伺っておりますので、宰相の執務室へ赴くのが良いかと思います」

「わかったわ。宰相の執務室へ行くなんていつぶりかしら。急に来た私を見てルイ様は驚くかしら？」

「驚きはしないですが、大喜びはすると思います」

マリーの言葉にカインもうんうんと頷き笑っている。二人ともルイ様の性格をよくわかっている。

私達は久々に王宮の中へと足を踏み入れる。久々の王宮は何も変わっていないけれど、なぜだか肌で感じる雰囲気は違うように思う。これは正妃の頃と次期公爵としての爵位の違いから感じるものなのか、上手く言葉が見つからないわ。

そして久々に会う文官達は私を見ると皆、微笑んで一礼をしていく。彼らにはたくさん心配を掛けてしまったわ。ずっと陰で支えてくれた彼らには、後で何かしら感謝を伝えておかないとね。


――コンコンコンコン。


「……入れ」

宰相の声がする。私は逸る気持ちを抑えて扉を開けると、そこには……

そこには、げっそりとした宰相とその横でルイ様が書類を抱えて何か苦言を呈しているようだった。

「突然来てごめんなさい。忙しかったかしら？」

私を見たルイ様は持っていた書類を宰相に押し付け、私の元に駆け寄ってぎゅっと抱きしめてきた。

「エリアナ。心配していました。一緒に邸《やしき》に帰りましょう？」

「ふふっ。まだ来たばかりよ。ルイ様に会いたくて立ち寄ったの」

「エリアナ様、お久しぶりです。元気にされていましたかな？」

「宰相様、お久しぶりです。宰相様こそお元気でしたか？　少し痩せたような気がします」

「流石《さすが》、エリアナ様。いろいろありましたからな。近頃はルイ様に仕事を急かされる毎日ですよ。

エリアナ様、今度は私の右腕ならぬ左腕で今すぐに戻ってきてほしいくらいです」

宰相はハハハと笑いながら話をする。王子や王子妃の仕事が宰相の方へ回っているのだろう。私も深夜までかかって書類をこなしていた。宰相自身の仕事に加えてほかの仕事となるとそのうち倒れてしまうのではないかしら。

「美しい妻を見ながら仕事……。なんて魅惑的な話なんだ。だが、だが！　エリアナのことを考えるとやはり私がここをやめて、女公爵となる妻を眺めながら仕事をする方が何倍も魅力的だ」

私は抱きしめられながらフフッと笑う。

「ルイ様、宰相様が困っていますよ。今日はアリンナ様に会いにきたついで、ですから。あまり宰相様を困らせてはいけないわ。こうしてルイ様に会えたし、仕事も忙しいようだし、私はこれでお暇するわ」

「あぁ、離したくない。だが、妻の体調を考えると早々に邸《やしき》でゆっくりしてもらいたい。宰相、美しい我が妻を送ってきます」

「だめだ、だめだ。家まで送るつもりだろう？　こんなに書類が残っているのだ。帰さんぞ。王宮馬車乗り場の前までだ。それにしてもエリアナ様、体調の方はよろしいのですか？　初孫で公爵も夫人も浮足立っております。私にとってもエリアナ様は娘同然。楽しみにしておるのです」

「チッ。ばれていましたか」

「おかげさまでつわりも軽く済んでいるわ。今日、アリンナ様にお会いしたけれど、私もアリンナ様を見習わないといけないと感じたの。皆が支えてくれていると思うと嬉しいわ。長居は無用ね。これ以上いたら宰相様のお仕事の邪魔になってしまうもの。では宰相様、ごきげんよう」

「エリアナ様、私はいつでも歓迎します。またいつでもおいでください。無事、元気なお子が生まれますように」

「エリアナ、さぁ、行きましょう」

そうして私はルイ様のエスコートで部屋を出て馬車乗り場までゆっくりと歩く。ルイ様は私の歩調に合わせるようにゆっくりと歩いてくれる。

「エリアナ、大丈夫だった？　心配していたんだ。君の心が病んでしまうのではないかと」

「ルイ様、大丈夫よ。それにね、私、アリンナ様に会うのが怖かったの。子供を産んでもアリンナ様のようには愛が芽生えないのではないかと。でもね、それは違っていたわ。アリンナ様と話をして彼女も立派な母親なんだなって知ることができたの。サルタン殿下への愛情も、オリバーに向ける愛情も、とても深いものだと知ったのよ。たとえルイ様が平民になったとしても、私はルイ様を全ての物から守るわ。もちろん、子供もね」

私は今日感じたことを少しはにかみながらルイ様に話した。

すると、ルイ様は急に立ち止まった。

「……ルイ様？」

「エリアナ。私は感激している。エリアナがそう思ってくれていると知って嬉しい。嬉しすぎてどうにかなってしまいそうだ。私は、どんな手を使っても、どんなことになってもエリアナを全ての物から守り切る。もちろん愛おしい子供もだ」

ふふっ。嬉しい。でも、どんな手を使ってでもって。ルイ様なら私の知らないところでやりそうな気もする。私と会った頃から私はルイ様に対して紳士的でいい人だと思っていたけれど、人によっては冷酷だと聞いたもの。まぁ、冷酷にさせるほどのことをルイ様にする人はどうかと思うけれどね。

「ルイ様、ありがとう」

「愛おしい我が妻。今日もさっくりと仕事を終わらせてすぐに家に帰るよ」

「あまり無理はしないでね。宰相様もお年なのだから無理させないようにね」

「それはどうでしょうかね？」

ルイ様はフッと不敵に笑っているわ。どうなることかしら？

そうして私は家に帰った。

アリンナと会って私は自分自身の不安に向き合えたと思う。

こうしてルイ様が側にいてくれる。父も母もいるし、マリー達も見守ってくれているわ。何も心配ない。

自分自身にようやく自信が持てたような気がするの。

臨月になり、その痛みは突然訪れた。

「マリー、なんだかお腹が痛いわっ。グッと押されるような引きつるような痛みがあるの」

「!! エリアナ様。すぐに産婆を呼んでまいります」

朝から少し運動をしていたせいかしら。

産婆はすぐに私の部屋へ呼ばれた。そこからが大変だったわ。ルイ様は仕事に出ていたのだけれど、すぐに帰ってきた。痛がる私の背中をさすってくれたけれど、早々に産婆に部屋から追い出されたのは言うまでもない。半日ほど痛みと戦い、ようやく赤ちゃんが生まれたわ。

「おめでとうございます！ エリアナ様によく似た女の子です」

あぁ、ようやく生まれたとホッとしたの。それと同時に我が子を見て愛おしいと思った。自然と湧き出す感情に言葉が紡げず、涙が溢れだした。

「……生まれてきてくれてありがとう」

娘の名前はエルマと名付けられた。名付けたのはルイ様。私の名前と自分の名前を入れたいと何十もの候補を出してずっと悩んでいたの。初めて自分の娘を見た瞬間にこれだ！ と閃《ひらめ》いたらしい。

そこからの毎日は目まぐるしく駆け抜けていったわ。子供を育てるというのはこんなにも大変なのね。私はなるべく自分で育てたいとルイ様に相談し、乳母と無理なく交代で育てることになったの。毎日が新鮮でとても楽しくて嬉しくて幸せな日々。

すくすくと育っていく娘、エルマは私に似た顔つきなのだけれど、どうやら中身はルイ様にそっくりなのだとか。ルイ様と同じように物覚えがとてつもなくよくて、ルイ様が面白がっていろいろなことを教えるの。まだ二歳では舌足らずなのだけれど、少し口うるさい気がするわ。

そして私のお腹の中には新たな子が。

母となった私は、二人目がすぐにできてとても嬉しくて仕方がない。ルイ様も大喜びだったわ。以前と変わらずに愛を囁《ささや》いてくれる夫。私にはもう不安などまったくないわ。むしろこれから娘や新たに生まれる子とどう過ごしていこうか考えるだけで楽しいの。そんな中。

「エリアナ様、アリンナ様からお手紙が来てるよー？　どうする？」

私がエルマと一緒に遊んでいる時に、サナが手紙を持って部屋に入ってきた。サナは王宮から邸《やしき》に戻った後、侯爵家の暗部の者達と訓練を続けているの。本人も身体を動かしていたいと言っていた。そのため私の専属の侍女はマリーだけになり、サナは外へ出掛ける時の侍女として私に付いてくれている。今日は珍しくサナが手紙を持ってきたの。サナが持ってくるなんて大事な内容が書かれているのね。

「ふふっ。サナが持ってくるのは漏れてはいけない内容なのでしょう？　読むわ」

私はソファに腰掛けてサナからの手紙を受け取り、封を開いた。私が手紙を読んでいる間、サナはエルマと遊んでくれるようだ。内容はというと、どうやらサルタン殿下の病状が治りつつあるらしい。過去に一度、よくなって陛下から王宮に戻るよう指示があり、強制的に王宮へと戻ったようなのだけれど、王宮は彼にとってやはり合わないものだったのだとか。また急速に症状が悪化して塔へと逆戻りになったらしい。

また半年くらいボーッとする時間があったようだけれど、徐々にその時間が減っていき、今は会話も増えて自分自身の身の回りのことを自分でできるまでになった。そして過去を踏まえてアリンナの方からサルタン殿下に家に来ないか？　と誘ったようだ。

アリンナとオリバーの住む家で彼は穏やかに過ごせるようになったらしい。最近は王宮で短時間だが執務を再開するまで回復したらしい。もちろん仕事に復帰できたのはアリンナの功績だと思う。やはりあの二人には王宮で暮らすのは合わないのかもしれない。

もちろん陛下や王妃様はサルタン殿下の回復をとても喜んでいるとのこと。このままアリンナの家で暮らし、体調を考慮しながら仕事を徐々に増やしていくみたい。アリンナからの手紙にはそう書いてあった。彼はきっと廃嫡はされないでしょうね。中継ぎの王子として、このままアリンナと仲睦まじく過ごしていくのかもしれない。

「エリアナ様、大事なお手紙だったー？」

「えぇ、そうね。そこまで重要な物ではなかったけれどね。まぁ、彼が元気そうでよかったわ」

「えーそんなこと言っていいの？　若旦那様が妬いちゃうよー」

数年後、殿下は付き物が落ちたようで、私と婚姻する以前に戻ったと言っても過言ではないほど仕事をこなしているそうだ。もともと彼は優秀だからすぐに完全復帰できると思う。陰ながら二人を応援するわ。

サナがニヤニヤとしながら笑っている。

「美しい我が妻。元の夫がそれほど気になりますか？」

ショックを受けたと言わんばかりの表情で、いつの間にか部屋に入ってきていたルイ様。

サナがニヤニヤしていたのはこのせいなのね。私をギュウギュウと抱きしめてきた。

「ふふっ。まったく気にならないとは言わないわ。でもそれは愛ではないわ。ルイ様だってわかっているでしょう？　彼はアリンナが支えていたから仕事に復帰できたのよ。前にアリンナに会いにいった時に、アリンナ様の献身的な姿を見て心を打たれたの。彼女のように私もルイ様を支えていきたいと思っているのよ？」

「愛している。ずっとあの頃から変わらずに。まぁ、サルタン殿下が気になるのは仕方がない。ずっと王宮で仕事をしてきた君だからね。私も義父上《ちちうえ》も君には心配かけないようにと、話もしてこなかったのだから」

ルイ様は先ほどとは打って変わって微笑みながら、私の頬を撫でながらそう話をする。

子供が生まれる前からも生まれた後も変わらず私を優しく包み込んでくれる。

「ふふっ。それだけ私は皆に大切にされているのは知っているわ。あの二人が幸せに過ごせるといいなと願っていただけ」

「やはり我が妻は優しい。サルタン殿下は仕事に真面目に取り組んでいる。元々優秀な殿下だから

宰相の仕事はこれからどんどん減っていくだろう。そうすれば私も毎日早く邸《やしき》に帰ることができる。

そうだね、よし、サルタン殿下がこのまま回復するようにそのままにしておくとするか」

「どうするつもりだったの？」

「以前のように働かずに遊んで暮らしているのなら、早々に地方に飛んでもらっていただけだよ。

彼が仕事に復帰し、シアン殿下もまっすぐに育っている。このままサルタン殿下が完全復帰するなら今の生活が合っているだろう。私としてはエリアナやエルマとの時間が増えるのならそれでいい」

私はクスリと笑った。身近な所で国は支えられているのね、と。

「とうさま！　こんどいっしょにごほんをよみたいわ？」

「可愛いエルマ、どんな本を読むつもりだい？」

突然話に割って入った娘に笑顔を向けるルイ様。

エルマがニコニコしながら本棚から取り出したのは、『領地毎の主要特産品と収穫物の記録』だった。幼いのにこんな難しい本を出してくるのはルイ様の娘だからかしら？

「エルマ、これはとても難しい本じゃないか。エルマにはもっと読みやすい絵本があるよ？」

「いやよ！　だってとうさまがよんでくれるのでしょう？　だってかあさまがちいさいころよんでいたときいたわ」

「やはり我が妻は優秀ですね。えぇ！　今度の休みに一緒に読もう」

私は二人のやり取りがおかしくてクスクス笑う。

「かあさま？」

「ふふっ。エルマ、こっちへいらっしゃい。この本は確かに私が幼い頃に読んではいたけれど、エルマよりもずっとお姉さんの時だったわ。今は少し難しいから、もう少しお姉さんになったら読みましょうね？　今のエルマだったら、こっちの物語が読みやすいわ」

「『お姫様と文官の物語』？」

「そうよ。まるで私とルイ様のような話かしら？」

「ほんとう？　とうさま、ぜったいよんでね？」

こうして家族と過ごすかけがえのない時間。私には得られるはずもないと思っていた愛する家族。支えてくれる両親や使用人達。毎日感謝の気持ちでいっぱいになるの。

私、今とても幸せです。

新＊感＊覚 ファンタジー！

レジーナブックス Regina

第二の人生エンジョイします!

愛されない王妃は、お飾りでいたい

夕立悠理《ゆうだちゆうり》

イラスト：鶏にく

ロマンス小説の世界に、悪役令嬢として転生してしまったクロア。色々と奮闘するも、結局は小説の展開どおりに断罪され、元敵国の王に嫁がされることに。さらにその夫からも「君を愛することは、ない」と冷たく言い放たれる。が……その一言、待ってました！その台詞でもって小説は完結。物語の強制力から解放されたクロアは、お忍びで街に繰り出し、自由な日々を満喫し始めて⁉

詳しくは公式サイトにてご確認ください。

https://www.regina-books.com/

携帯サイトはこちらから！

この作品に対する皆様のご意見・ご感想をお待ちしております。
おハガキ・お手紙は以下の宛先にお送りください。

【宛先】
〒150-6019 東京都渋谷区恵比寿4-20-3 恵比寿ガーデンプレイスタワー 19F
（株）アルファポリス　書籍感想係

メールフォームでのご意見・ご感想は右のＱＲコードから、
あるいは以下のワードで検索をかけてください。

アルファポリス　書籍の感想　検索

ご感想はこちらから

本書は、「アルファポリス」（https://www.alphapolis.co.jp/）に掲載されていたものを、
改題、改稿、加筆のうえ、書籍化したものです。

殿下《でんか》、側妃《そくひ》とお幸《しあわ》せに！　正妃《せいひ》をやめたら溺愛《できあい》されました

まるねこ

2024年 2月 5日初版発行

編集－桐田千帆・森 順子
編集長－倉持真理
発行者－梶本雄介
発行所－株式会社アルファポリス
〒150-6019 東京都渋谷区恵比寿4-20-3 恵比寿ガーデンプレイスタワー19F
TEL 03-6277-1601（営業） 03-6277-1602（編集）
URL https://www.alphapolis.co.jp/
発売元－株式会社星雲社（共同出版社・流通責任出版社）
〒112-0005 東京都文京区水道1-3-30
TEL 03-3868-3275
装丁・本文イラスト－茲助
装丁デザイン－AFTERGLOW
（レーベルフォーマットデザイン―ansyyqdesign）
印刷－中央精版印刷株式会社

ISBN978-4-434-33354-5 C0093